FLORET

READING

小花阅读

我们只写有爱的故事

青春阅读   幸得相见

大鱼

有爱的青春陪伴者

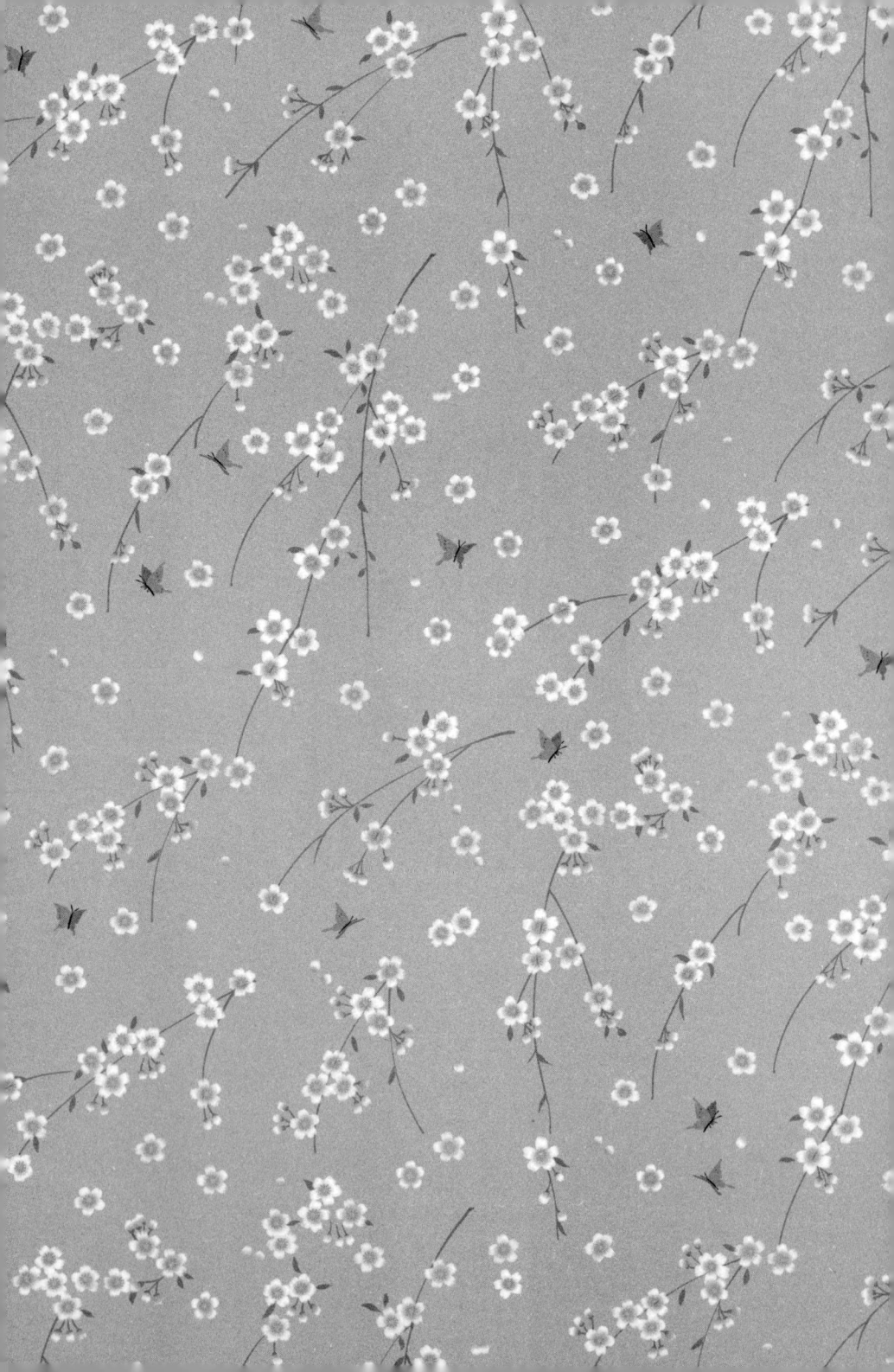

LUOHUAYUNGUICHU

落花云归处

FLORET

READING

▼

九歌 著

上海故事会文化传媒有限公司

上海文化出版社

九歌 | 小花阅读签约作者

慢热，严重拖延症，间歇性抽风症患者。
时而文艺小清新，时而重口味接地气。
放荡不羁爱撸发簪的汉服同袍、资深吃货。
深度中二热血少女，热衷于写打打杀杀的大场面，然而总被提醒，你
在写言情。

伙伴昵称： 九妹、999
个人作品：《彼时花胜雪》《请你守护我》《与君共乘风》《奔向他
的甜蜜心事》

| 作者前言 |

写这篇前言的时候已是深夜十二点。

我在乡下奶奶家，屋外虫鸣交织成一片，却意外地不令人觉得聒噪。

这几天湖南一直都在下雨，而我则始终闷在房里赶稿。

也不知究竟是因天气太过闷热令人毫无食欲，还是我真应了那句"沉迷码字日渐消瘦"，一直以来都很圆润的我十分神奇地瘦到了八十斤以下。为此我特意在群里"羞辱"了另外两个同样很圆润的小伙伴，最后又反被"羞辱"得"遍体鳞伤"。小伙伴们反复用"催稿、雪人姐姐、胡姐姐"等恐怖字眼来恐吓我，吓得我连忙灰溜溜滚出群码字。

现在呈现在大家眼前的故事是我修改过后的第二版，第一版用的是第一人称视角来写的，本想通过大量的心理描写来营造出明明内心很活跃、却偏偏是个面瘫的反差萌，结局却是从未尝试过用第一人称来写长篇的我终于认清了自己，于是只能跳到最前面，一点一点地修改。

这个故事与我以往写的那些有着很大的区别，算是我写的第一个从头至尾都在谈恋爱的故事，并且走的还是分界暧昧的双男主路线。

我最初并未将这个故事设置成双男主线，可写着写着便发觉，女主苏叶与原男二之间还有很多可挖掘的空间，于是，原男二的戏份便越来越多；于是，身为他们亲妈的我突然就茫然了，一直纠结着要不要给原男二再加戏。

哪怕已将这个故事写到了结局，我仍无法给出一个准确的答案，告诉大家究竟谁是男一，谁是男二。

这一整个故事都是围绕着女主苏叶而展开，不论是顾清让还是苏木，皆为她成长道路上不可或缺之人，阶段不同，陪伴在她身边的人自然也就不同，所以，对我这个亲妈而言，不论是顾清让还是苏木，他们皆为男主。

最后的最后仍是那一句，愿你们能够喜欢这个故事。

九歌

目录

LUOHUA
YUNGUICHU

目录

LUOHUA
YUNGUICHU

楔子

赤焰姬胯下的饕餮突然仰头发出一声震耳欲聋的咆哮，嘈杂的战场霎时静了下来。

所有人都停下了自己手中的动作，目光灼灼地望向那如战神一般跨坐在上古凶兽饕餮背上的女子，她微微挑着眉，两瓣艳丽红唇微微开启着："这一战我也不是非打不可。"说到此处，她那本就上挑的眉挑得越发高，"但本尊有个条件。"

她有意拉长了尾音："本尊，要他！"

她尾音才落，那根葱尖似的食指便已遥遥指向与她相隔数千米的白芨。

"你们若是愿意交出他，本尊便放过这整个修仙界。"

最后一个字仍在她舌尖打着转，底下已一片哗然。

所有人都被赤焰姬的这句话给惊到了，或是目瞪口呆地等着下文，或是扭头与身侧之人轻声交谈着，唯有白芨像个局外人似的无悲无喜地看着一切。

用一个人就能换来天下太平，这买卖怎么看怎么让人觉着划算，哪怕那人是修仙界千年才出一个的天才人物也值。

鬼界，修罗族王宫内。

赤焰姬着一袭鲜红的衣懒懒倚在美人榻上，她目光似秋波，嘴角却微微上扬勾出了一个薄凉的弧度："给我笑一个。"

听到这话的时候，白芨仍无任何表情，像尊玉人似的捧着果盆立在赤焰姬身侧。

"你为什么不笑了？明明我第一次见到你的时候，你笑得那样好看。"

白芨始终都不曾开口说话，赤焰姬就像在演一场独角戏般自顾自地说道。

说着说着，她嘴角的弧度扬得越发大，一时间竟叫人辨不清她可曾是真笑了。

"我倒是真舍不得杀你，可你若真不愿对我笑，那我就每日在你面前杀一个你所珍视的人，待你太阿门的人都死光了，你这辈子便也不必再笑了。"

白芨终于笑了，那笑却比哭还难看。

赤焰姬看了只觉怄气，像个任性的小姑娘般将他一把推开："可真难看。"

身为三千鬼道中的最后一个修罗女，她不负众望，以一己之力使整个恶鬼道重获荣光，她独自活了很多年，却从未有一人能不离不弃地陪伴在她身边。

她突然回想起了自己第一次见白芨的时候，彼时的他正对着一个小姑娘笑，暖橘色的夕阳斜斜打在他脸上，险些闪到了她的眼。

她听到了他用最温柔的声音唤那小姑娘"师妹"，一声又一声，沁了蜜一般甜。

兴许是她那时着实太过无聊了，又或者说是白芨太过好看了，她便就这么一直跟在他们身后。

她活了这么多年，头一次知道，原来真有人的眼神温柔到能滴出水来。

那份温柔足以令她心生妒意，想独自占有。

后来，她杀了他师妹。

再后来，她以他师妹的身份留在了他身边，一待便是十年。

她明明知道他眼中的温存不是给她的，她却早已沉溺其中不能自拔。

纸永远都包不住火，知道真相后的他究竟会如何做，几乎所有人都能预料到，她却天真地以为，有了这些年的相处，他会对她手下留情。

可他这样的人实在太过美好，纵然泥泞如她，也想伸手去触碰那一抹白月光。

哪怕他的心不在此处，她亦要将他的人留在身边。

第一章

◆ 啧，小姑娘家的好生没情趣。

一、苏叶整个人都不好了，又不禁回想起那些年被苏木那小浑蛋所支配的恐惧。

近日来，魔宗叛徒甚多。

多到就像那不断往外冒的韭菜似的，割了一茬又长一茬，甚至还一茬更比一茬粗，如此一来，着实令人烦恼。

前些日子那些刚冒出头的叛徒皆已被处刑，而今整个魔宗就只剩苏叶奉命追杀的那批还仍在瞎蹦跶。

苏叶何许人也？

正是当今魔宗宗主苏释天之义女。

可别觉得"苏叶"二字朴实无华到走街上随便号两嗓子都能喊出一大片人来，在魔宗"苏叶"可比"苏释天"这三个字更具杀伤力，几乎到了避邪驱鬼、专治小儿夜哭的地步。

有传闻这苏叶生得三头六臂、青面獠牙，与人对敌之时都不必出招，只需要往敌人身旁那么一站，便能将对方吓得魂飞魄散。

这传闻究竟是否属实无人知晓，总之呢，见过苏叶本尊的几乎都已成了死人，见过她仍活着的也只有魔宗宗主苏释天及魔宗少主苏木。

夜色越来越浓，浓到就像一团化不开的墨。

那浓墨洇染开的尽头是连绵不绝的低矮山峦，山峦一片接连一片，蜿蜒到天边。

天的那一边是与浓墨中心截然不同的世界，那里灯火通明，车水马龙，吆喝声不绝。

一抹纤细的身影宛若一只穿透夜色的蝶，从浓墨浸染的这边飘向灯火通明的另一边。

那抹身影不断向光那边靠近，她的轮廓便也越发清晰。

这是一个体形娇小满脸稚气的小姑娘，与她那粉团子般娇嫩的面容形成鲜明对比的是她的眼。她的眼也是极好看的，大且两头尖尖，宛如两片刚被风吹落的桃瓣轻轻覆在了她脸上。可明明是这样一双好看的眼，里头却一片死寂，像是一颗曾经璀璨至极，而今却已燃烧殆尽的星星。

小姑娘正是奉命追杀魔宗叛党的苏叶，年方十七，却已是苏释天最称手的一柄利器。

苏叶这小姑娘可不似表面看来那般波澜不惊。

她这人素来有些恶趣味，与寻常人不大一样，就喜欢不动声色地干些大事。

这半个月以来，苏叶曾无数次生出过想要动手的念头。令人绝望的是，每当苏叶想动手的时候，总会有那么一两个人突然消失不见。苏叶呕心沥血潜伏数月，为的就是能将这伙叛徒一网打尽。毕竟四处追赶落网之鱼这种事着实麻烦透顶，与其打草惊蛇一个一个地去追杀，倒不如多些耐心，一击毙命。

正所谓皇天不负有心人，就在苏叶准备蹲树杈上眯眼小憩的时候，那伙叛徒终于把人数给凑齐了。

苏叶蹲守数日等的便是这一刻，她一激动，险些将那树杈给压垮。

此时正值夜市里最热闹的时候，绝非"杀人越货"的最佳时机，可苏叶别无他选，只能在这时展开行动。

当夜市里的人群散尽，横梁上摇摇欲坠的烛火被风熄灭，夜空中最后一抹月光穿过苏叶头顶繁茂的枝叶，落到悦来客栈顶层第一扇窗上的时候，整个客栈的第三层已被鲜血所洗。

没有人知道苏叶究竟是何时动的手，她杀人的时候从来都快到叫人看不清身影。

此时此刻，她就像一个被人从血池中捞出的人偶，目光空洞地注视着前方的虚空。

从前与苏木一同修炼的时候，她便总被苏木嫌弃说："小姑娘家家的，杀人手法毫无美感也就罢了，偏生还简单粗暴到令人发指。"

正如苏木不明白苏叶杀人为何如此粗暴，苏叶亦不明白，他杀人为何矫揉造作至此。

杀人不见一滴血也就罢了，被杀者嘴角要勾起一抹笑的表情安详似羽化登仙，这种事苏叶也不是不能忍，可……杀人前后都要沐浴焚香且换件新衣裳，这种事苏叶便真无法理解了。

一如苏木所形容，苏叶杀人似屠夫，从不讲究所谓的美感，只知要不停地操控手中那根名唤"隐灵"的细线来绞杀叛党。

她不停地钩动手指，就不停有人死去。

这完全就是单方面的屠杀，不过一盏茶的工夫，她身上那件衣衫便已被血染透，染到根本瞧不出原本的颜色。

她已记不清自己究竟有多久不曾似这般大开杀戒，待到屠尽所有叛徒，天已经彻底地亮了。

她修为虽高，可如这般不带喘气地杀上百来个人，也有些吃力。

当最后一个叛党"砰"一声倒地时，苏叶已经累到靠在窗上喘气，同时还在心中抱怨着，下次若再有这样的苦差事，定然得想着法子推掉。

这个念头才打脑子里冒出，客栈外便传来一股子强大至极的灵气波动。这股力量来得太过突然，又过于强大，有如一柄被人猛地抽出鞘的利刃，狠狠插在了苏叶胸腔之上。

苏叶已不知该以怎样的语言来形容那股力量，只觉有一双无形的手狠狠压在了她肩上，她几乎就要喘不过气，心中更是翻江倒海，连脑袋都晕得厉害。

苏叶甚至还能十分清楚地察觉到，拥有那股子强大力量的人正在急速朝她所在的方位靠近，她已分不出心神去想别的事，脑中唯有一个"逃"字飞速闪过。

她身随心动，身体比大脑先一步做出反应，直接推窗跃进夜色里，而那浑身散发着可怖力量的人就在她冲出客房的刹那踏入了客栈。

那是一抹修长俊逸的人影，明明就只是远远地站在那里，整个客栈的气温便赫然降了下来，像是一块千年玄冰骤然而至。

苏叶所不知的是，在她翻身越过客栈围墙时，那人的目光恰好落在了她面颊上。

那人的嘴角忽而向上弯了弯，就像沉寂了一整个冬季的冰冻湖面忽然裂开了一条缝，有微风拂过，有暖阳照射进来……

　　此时此刻的苏叶虽已逃出生天，可一回想起那股子气息，便没由来一阵腿软，这大抵是苏叶这十几年以来，所遇到的最强劲的敌手。

　　打苏叶有记忆以来，她便总听宗主苏释天夸她天赋异禀，生来便是修魔的好料子，故而，早在前两年，也就是苏叶十五岁那年她便已称得上是修魔者中的翘楚，除却宗主与那天赋比苏叶更甚、妖孽似的苏木，苏叶的修魔人生堪称寂寞如雪。

　　此番任务虽艰辛，倒也叫苏叶明白了何为人外有人，果然，做人还是不能过于自满，否则，何时栽了跟头都不知。

　　苏叶此时感悟颇深，可不到片刻，飘荡在心中的那股子气便已散尽，取而代之的是即将回家的那份愉悦。

　　不过苏叶这人素来内敛，哪怕是再愉悦也不曾在面上表露出半分，如此一来，那些不了解苏叶的人便总觉着苏叶分外不好接近，甚至苏叶还有个不那么好听的诨名——夺命母夜叉。

　　头一次听到这诨名时苏叶才刚满十三岁，恰值最最娇嫩的豆蔻年华。

　　彼时的苏木全然不顾苏叶的心情，捻着一柄烫金的白玉骨折扇笑眯眯地与苏叶道："小叶叶，我竟想不到你的名声比我更响，小小年纪便在江湖中有着一席之地。"

　　苏木这厮素来一副轻佻多情的浪荡子做派，这些年来苏叶倒也习惯了，故而，任凭他如何挑着一双水光潋滟的桃花眼揶揄她，苏叶都能像入定了的老僧似的淡然低头扒饭。

　　兴许是苏叶的反应过于平静，他"唰"的一声合拢了白玉骨折扇，直勾勾地盯了苏叶许久，方才又"扑哧"一下笑出了声。

　　苏木这人素来疯癫，苏叶也懒得去纠结他突然傻笑个什么劲。

　　连眼角余光都不曾给他的苏叶自然是选择继续低头扒饭，扒着扒着，却又冷不丁听他道出了五个字："夺命母夜叉。"

　　苏叶愣了愣，继而抬起了脑袋，满脸疑惑地望着他，却见他笑得越发勾魂夺魄，本就多情的眸里满满都写着欢喜。他一字一顿、字正腔圆地将那五个字再度重复了一遍："夺命母夜叉。"

　　如苏叶这般耿直的老实人着实猜不透他葫芦里究竟卖的什么药。

　　而苏木这小狐狸对苏叶倒是颇为了解，纵然苏叶不曾开口去问，仅凭一个眼神，便叫他看出了苏叶横在心中的疑惑。

苏叶那塞满了红烧肉与米饭的腮帮子突然就遭了他毒手，他不轻不重地在苏叶鼓鼓的腮帮子上捏了一把，兀自笑眯眯地说："提起苏叶这个名字怕是无几人知晓，可若有人喊上一句'夺命母夜叉'，夜哭的小儿都能被吓得立马噤声，乖乖钻入被窝里去。"

苏叶虽不曾完全听懂他在说什么，却也隐隐约约能将"夺命母夜叉"这五个字与她本人联想在一起。

此时的苏木与苏叶相距甚近，苏叶甚至都能从他眼中看到一脸呆滞的自己的倒影。

大抵是苏叶的反应太过平淡，本还兴致勃勃逗她玩的苏木顿时就没了笑意，一脸嫌弃地又在苏叶另一边腮帮子上戳了戳："啧，小姑娘家的好生没情趣。"

苏叶从来都不知情趣为何物，可他既这般说，苏叶便觉着自己总该给他一点反应。于是，苏叶眨了眨眼睛，腮帮子与舌根同时发力，"噗"的一声吐了他满脸饭渣。

……

014

那一日，苏叶与苏木战了三百来回合，其中有三百回合皆被他按在地上。

待到苏叶被苏木揍得再也爬不起来之时，太阳已经彻底落了下去。苏木微微扬眉，像个恶作剧大获全胜的孩子似的按着苏叶的脑袋："还敢不敢朝我脸上喷饭，嗯？"

苏叶的性子素来就偏，她不曾去回复苏木的话，只是有气无力地道了句："我知道，这绰号定然是你传播出去的。"

苏木按住苏叶脑袋的动作一滞，显然是被苏叶揭穿有些心虚，又隔了良久，他方才哼声道："喊，你倒也不傻嘛。"

苏叶本来就不傻，很多时候只是懒得去与人说话，懒得将情绪透露在脸上罢了。

也不知苏木究竟是心虚了还是心软了，他按着苏叶脑袋的那只手终于松开了。苏叶本欲挣扎着从地上爬起，他却先行一步将苏叶打横抱了起来。

苏木此人从来都疯疯癫癫、喜怒无常，上一刻还对你笑嘻嘻，下一刻就能揍得你满脸瘀青。

苏叶早就习惯了他的反复无常，也懒得抬头去看此时的他究竟露出了何种表情，像个没感情的人偶似的任由他抱着。

夕阳正在缓缓向西边坠落，整个世界突然就被镀上一层橘色的光，那些光在树梢、在屋顶跳跃，连带着苏叶那双黑洞洞无一丝情感的眸子里都被染出一丝暖意。

兴许是因为这片刻的风太过温柔，平日里那不可一世的苏木说话声都突然变得温柔，他像是在自言自语，又像是在说给苏叶听："阿叶，你怎么就这么笨？你倒是说说看你是不是木头做的，否则，天底下哪会有你这般木讷的小姑娘家？"

苏叶眼中依旧空洞一片，半垂着眼帘望向远处那树逆着光的繁花。

苏木却像是魔怔了一般，依旧絮絮叨叨。

他的胸膛很硬，纵然隔着好几层衣衫，苏叶仍能感受到自他身上散发出的淡淡暖意。

苏木不曾发觉的是，像个老婆子般不停絮絮叨叨的他嘴角早就翘上了天，那是一种用任何方式都无法掩饰住的愉悦；他更不曾发觉的是，那目光呆滞、像猫儿般窝在他怀中的苏叶嘴角也弯起了个细小的弧度，细若柳丝，不仔细去看几乎无法察觉，却又那样真切地存在着。

再往后，苏木又絮絮叨叨念了些什么，苏叶已记不清。

她只知，那是自己记忆中最后一次与苏木见面，再后来，他便去了很远很远的北方独自修行。

往事如同一幅被人撕碎了的画卷，在苏叶脑海中飞速掠过。

苏叶不知自己最近为何总想起苏木。

她一边摇晃着脑袋将他从自己脑中赶走，一边强行转移注意力，不甚坚定地想着，若是回到了魔宗，她定要瘫在床上美美地睡上三天三夜，而后再将整个宗内的美食一口气吃个遍。

常言道人算不如天算，算了也白算。这不，苏叶才做好将来的打算，头顶便有一只聒噪的夜鸦"哑哑哑"地飞过。

美梦被人吵醒向来是一件不甚愉快的事，哪怕仅仅是白日梦。

苏叶目光空洞地仰起头来，瞥了那只夜鸦一眼。

苏叶再度陷入了沉思，该不该将这只烦人的小鸟烤了做成消夜呢？

那被苏叶所觊觎的夜鸦却如英勇赴死的壮士般迎面撞了上来。

它这一系列行为着实太过异常。

纵然淡定如苏叶，都冷不丁被吓一跳。

然而更叫人慌的还在后面，她才欲伸手一掌劈了那夜鸦，那夜鸦竟张嘴便吐人话："夺命母夜叉，夺命母夜叉，你情哥哥叫人家给你送信来啦！"

不知你们可曾听过公鸭嗓，又或者是那种满是缺口的钝刀锯木头的声音……

那不怕死的"壮士"夜鸦便是发出了这般难听的声音。

可它的声音若仅仅只是难听也就罢了，偏生它那语气又甜腻得像个未出阁的小姑娘家，这样的反差，着实令人头晕目眩。

苏叶幅度很小地晃了晃脑袋，竭力让自己保持镇定。

当她的双眼再度聚焦时，那谜一般的夜鸦又给了苏叶另一个惊喜，只见它像被人扼住脖子一般鼓着眼睛张大了嘴。

苏叶看得目瞪口呆，那双黑漆漆的眸子里终于浮现出一丝正常人该有的情绪，只不过她的情绪素来都不外露，那丝别样的情绪才从眼中冒出，不过须臾便又重新沉入眼底，取而代之的是一丝冷厉。那是她为数不多的、会在杀人前所透露出的情绪，也就是说，她已经对那夜鸦起了杀心。

就在她即将动手之际，那夜鸦却"呸"的一声吐出一卷拇指粗细的卷轴。

苏叶眼中的杀意一闪而过，一双桃瓣似的眼睛重归死寂。

她的记性素来都不好，甚至可以称之为差。

可她的记性再差，也终归还记得那枚专属苏木的火漆印。她犹豫着该不该伸手去接，那小小的卷轴便已自动展开。

此时正值黎明，天仍有些暗，可那小小卷轴上的字像被人点燃似的闪闪发着光。

这卷轴上的字乍一看只觉微微有些潦草，可若是再多看一眼，便会发觉那些看似寻常的字都隐含锋芒气势逼人。这般自成一体的字，苏叶自是再熟悉不过的，正是苏木那妖孽的笔迹。

苏叶与苏木足足有三年不曾见面也不曾联系，他这般突如其来地冒了出来，苏叶非但不觉亲切，反而只觉惶恐至极。

总之，在苏叶看来，苏木这货找自己准没好事！

苏叶抱着这样的想法将那封信粗略地扫了一眼。

也就在这时候，她方才晓得，苏木早在前两日就回到了魔宗，并且将要继承宗主之位，此番是代宗主给她发号施令，布置了个任务。

苏叶恨得直咬牙，好不容易完成了一个任务，气都不带喘上一口，这下又得去接新任务。

相比较上一个任务，苏叶的新任务就有那么一丝丝微妙。

这一次，苏木既不叫苏叶去杀人，也没让她如往常一样去夺件什么宝，而是让她去参加太阿门新弟子的选拔。

他只郑重交代苏叶定要想尽办法留在太阿门，至于留在太阿门后又要做些什么，并未确切说明。

看完这封信的苏叶整个人都不好了，又不禁回想起那些年被苏木那小浑蛋所支配的恐惧。

二、顾清让这个名字苏叶也不是从没听过，可她对这些事素来不上心，故而对这个响彻整片九州大地的名字仅仅只有一个印象，那便是危险。

翌日清晨，天尚未亮透，苏叶便从床上爬了起来，摸着黑排队去参加太阿门弟子的选拔。

由于每次来参加选拔的孩子人数过多，选拔之地便只能定在郊外空旷的地方。

苏叶本以为自己此番已来得够早，却不想，等她赶到选拔之地才发觉，这里早就人满为患。

比苏叶来得早的大有人在，前方人头乌压压一大片，被埋没在人群里的苏叶压根儿就不知等待自己的究竟是什么。

她到底也是正儿八经的修魔者，这般大剌剌地打入敌军内部，难免会有些紧张。

她也曾试图抻长了脖子去看前方究竟发生了什么，奈何前方的人着实太多，不论她如何张望都像看不到尽头一样。

苏叶又梗着脖子，像只小乌龟似的张望一圈，方才认命地将脖子缩了回来。

不过，叫苏叶感到意外的是，前方人头虽多，她前进的速度却快得出奇，不多时便已能瞧见那群站在最前方、穿着奔丧似的白衣的太阿门弟子。

太阿门选拔弟子的方式亦同样出乎苏叶的意料之外。

苏叶本以为这样一个修仙界数一数二的大门派选弟子总该有些苛刻，岂知竟这般简单粗暴，既不要上去即兴打一套拳舞一段剑，也无须摸你的筋骨，只要你的年纪在六到十五岁之间，验完身份纸符后一个接着一个穿过一扇模样古怪的黑色石门即可。

苏叶身上的身份纸符自是昨夜送信的那只夜鸦一同送来的。

也不知究竟是苏叶这名字太过寻常，还是苏木的恶趣味，这通牒上她的名字依旧是苏叶，只不过成了姑苏城内一介孤女，年龄也被改成了十四岁。

甫一看到那纸符上的年龄时，苏叶真没能忍住抽了抽嘴角，所幸她还长着一张肉嘟嘟的脸，梳个双丫髻再穿得嫩些倒也勉强能蒙混过关。

前方的人都已走空了，终于轮到苏叶时，苏叶仍没出息地紧张了起来。

可苏叶素来一张淡漠脸，纵然是紧张到想拔腿就跑，脸上也看不出分毫。

苏木的身份纸符被一个长着对小酒窝的弟子收走，她的目光亦紧盯着身份纸符。

只见那酒窝弟子拿着苏叶的纸符在手上掂了掂，旋即又盯着苏叶的脸看了两下便还了回来。待到身份纸符重新回到苏叶手上，那弟子便朝苏叶微微颔首，做了个"请"的动作，示意苏叶穿过那扇古怪的石门。

苏叶虽不曾亲自穿过，倒也站在后边看了不少，每当有人穿过这扇石门时，那门便会倏地一亮。

有时候那门上的光芒微不可察，有时候那门上的光芒璀璨到让人无法逼视。

苏叶很是认真地托着腮仔细想了想，觉着，这大抵就是传说中的测灵根吧。

苏叶虽头一次见，却也早有耳闻，那些修仙的与他们修魔的方式全然不同。

修魔虽也讲究资质，却无须查看什么劳什子魔根，几乎人人都可修；而修仙却不一样，非要有灵根之人方才能修。

待轮到苏叶时，她没由来地又是一阵紧张，她任何准备都没做也就罢了，偏生还什么都不懂。

一想到这里，她不禁眯了眯眼睛，又开始在心中默默吐槽苏木。

苏叶不过稍稍一愣，便有太阿门的弟子在一旁轻声提示道："小姑娘你还愣着作甚，快些穿过那扇门呀？"

苏叶听罢只能将那些杂念从脑中摈除，认命地迈腿跨过那扇门。

身为一名打小就在魔宗长大的魔宗教众，她是真有些忐忑，不知自己可会有那所谓的灵根。

几乎就在她将腿跨出去的刹那，突然有颗极小的石子"嗖"的一声飞了过来，抢在苏叶之前砸在了那扇黑沉沉的门上。

那扇石门倏地光芒大涨，莫说一旁大张着嘴呈吃瓜群众状的路人，就连刚刚穿过石门的苏叶都险些被那光闪瞎眼。

苏叶犹自一脸蒙，尚不知究竟发生了什么事，便有一群太阿门弟子满脸激动地朝她跑来，毕恭毕敬地将苏叶请到另一块空地上站着。

苏叶就这样一脸蒙地被请了过去特殊对待。

即便她现在依旧是一头雾水的状态，却也大致能弄明白，她这种穿门时光亮能闪瞎人眼的，怕是最最天赋异禀的那类人。

一想到这里，苏叶那颗悬着的心终于又缓缓落了下去。

这场简单粗暴到极致的灵根测试仍在继续，苏叶所在之处渐渐又多了好几个半大的孩子，大抵都是些灵根极好的苗子。

苏叶先前都忙着紧张去了，全然没发觉自打她进入大众的视线之时便有一道目光紧紧地锁定了她，甚至连那颗突然出现的石子也是由那人弹出。

而今苏叶已算是成功潜入了太阿门内部，整个人便已放松，自然便能从众多人的目光中找到那道最不同的视线。

那是一个好看到令苏叶脑中突然一片空白，找不到该用怎样的语言来形容的少年。

十八九岁的模样，一袭白衣胜雪，歪歪地倚坐在远处那株歪脖子树的树权上。

他距离苏叶很远，远到目力好如苏叶都无法将他的五官看真切，可纵然如此，他那股子风姿都足以令人惊叹。

按理来说苏叶并不是什么贪图美色之人，貌美如苏木整日搁她眼前瞎晃，她都能将其视为透明空气，眼前这人虽好看极了，却也不比苏木那妖孽美出太多，也没道理一眼就叫她看痴了呀……

苏叶一边想一边继续默默打量那人。

而那人的目光亦从头至尾都黏在苏叶身上。

起先苏叶还未发觉那人有何异常之处，盯着他看久了方才后知后觉地发现那人身上气息内敛，像是有意在收敛身上的威压。可纵然如此，时间一长，苏叶仍觉浑身不舒坦，像是有一双无形的手在寸寸挤压她的身体。

就那么一恍神的工夫，苏叶便得出个结论，那便是——这个人是她定然惹不起的。

挫折感油然而生，在魔宗，苏叶从来都是天之骄子般的存在，除却那个比她更强的苏木，她眼中几乎再无他人，也是直至如今她方才晓得何为天外有天，人外有人。

苏叶的目光不敢再往那人身上瞟，注意力再度放回与她站成一堆的小萝卜头身上。

太阿门筛选弟子的速度快得吓人，不到午时便已挑选出了千余名弟子。

此时此刻，苏叶正与另外二十九名少年少女站在一块。直至现在，苏叶方才知晓，原来他们这三十人乃是这一届弟子中筛选出的精英弟子。

所谓精英将来自然都是要被特殊对待和培训的，连起点都与寻常弟子不同。

太阿门内等级划分严格，有杂役弟子、外门弟子、内门弟子、精英弟子以及亲传弟子之分，除却等级最高的亲传弟子，其余几乎是在被收入门的那一日便已注定，至于亲传弟子则是为太阿门中各位修为高深的长老所看重，愿意亲自传承衣钵的幸运儿。

待到所有弟子都被选拔出，倚坐在树杈上那谪仙似的少年方才现身。

随着那少年的现身，苏叶只觉自己耳畔突然充斥着抽气声，时间像是突然静止了一样，所有人都停了手中的动作，唯有那谪仙似的少年双手负背，缓缓走至人群的最前方。

换作从前遇到这种情况，苏叶定然会在心中对这群人感到不屑，可纵然木讷如她都不禁被那少年的皮囊诱惑，更遑论旁人。

短暂的沉寂之后便又响起了此起彼伏的议论声，那些声音很杂，又都是各说各的，乱七八糟的话语汇聚在一起钻入苏叶耳朵里，她倒也听清了那些人在说什么。

　　前来参选的孩子有不少是修仙世家子弟，譬如，此时一个穿着水蓝色罗裙、表情颇有那么些冷淡的少女白芷便是来自四大修仙世家之白家。

　　她身为白家长女，纵然此番也是她第一次见到顾清让本尊，却也叫她一眼就认出了那少年是这修仙界两百年才出一个的经世奇才。

　　顾清让这个名字苏叶也不是从没听过，可她对这些事素来不上心，故而对这个响彻整片九州大地的名字仅仅只有一个印象，那便是危险。

　　是了，于苏叶这种修魔者而言，所谓的修仙界第一天才，可是与苏木同等危险的存在。

　　苏叶犹自思索着该如何避开这修仙界第一天才，站在人群最前方的顾清让却突然自袖中掏出了个核桃大小的物什。那物什静静躺在他手心，见风就长，不过须臾便已变成艘巨大的方舟飘浮在苏叶他们的头顶。

　　被选中的少年们纷纷看直了眼，大抵还是头一次见到这般神奇的仙家法术。

太阿门弟子开始组织少年们上方舟，头一批被送上去的便是三十名所谓的精英弟子。

精英弟子们甫一被送入方舟内的隔间，便开始相互客套寒暄。

苏叶今日穿过石门的时候怕是有不少精英弟子亲眼看见了，故而前来找苏叶攀谈的最多。

苏叶这人连在苏木那种浑蛋面前都能不吭一声，更遑论这群小萝卜头。

苏叶这人虽长了一张人畜无害的包子脸，却是个实打实的面瘫，加上常年在鲜血中浸染，神情自然凛冽。

因为这个，苏叶也没少被苏木埋汰。

他总说苏叶眼中锋芒太盛，这于苏叶而言不见得是件好事。

恶趣味如他总觉着，苏叶既生了这般软糯的皮囊，就该细细打磨好了去利用。

譬如，一出场的时候就让人觉得她是个好拿捏的软包子，令人放松警惕，待到真正动手的时候再将人打个措手不及。

苏叶也曾在他的指导下对着镜子练过许多天，最后得出来的结论很是令人忧伤，眼神犀利如苏叶，即便扯开了嘴角去笑，都隐隐带着杀气，像是在手中握了一把明晃晃的大砍刀，更遑论那故作娇羞的模样……

苏叶对这些事倒是浑然不在意，自然也就不明白苏木整日急个什么劲儿。

直至今日，苏叶都仍记得，那些日子里苏木见了自己便叹气，好端端一位风流倜傥的贵公子硬生生被她折腾成了个迎风哀叹的忧郁少年。

可苏木从来都是个不达目的誓不罢休的人，他又岂会因这么一点儿挫折放弃对苏叶的改造？

万万没想到的是，捣鼓着捣鼓着，还真被苏木发现了苏叶身上的可造之处。

苏叶这人其实长得十分具有欺骗性，唯独那双眼睛格外与众不同，是故，只要想法子遮住苏叶的眼，萦绕在她周身的那股子凌厉之气便能消失得无影无踪。

正因如此，往后的很多年里，苏叶都习惯像猫一样半眯着眼，用微微垂下的睫翼去遮挡眼中的杀气。

苏叶的气质顿时从杀气四溢变作软绵慵懒。

　　苏木对这结果仿佛很满意，时不时伸手轻触苏叶的睫毛，笑意融进了眼睛里，如同化开了被冻结一整个冬天的桃花潭水。

　　苏木其实长得很好看，苏叶只是不擅长表露自己的情绪罢了，并非真瞎。

　　两人之间的距离太近，近到苏叶能感受到他的呼吸轻轻扫过自己的脸颊，不知为何，苏叶心脏突然跳得很快，一下又一下，像是立马要从胸腔里冲出来。

　　苏叶独来独往，从来不喜与人过分亲近，这样的距离显然已经令她开始感到不安。

　　此后，每当苏木想要凑近来触摸苏叶的睫毛，苏叶都下意识一肘子撞过去。起先，他还没防护意识，苏叶一肘子撞过去，只听他发出一声闷哼。再往后，他有了经验，便是苏叶次次挨揍，他揍了苏叶，摸了苏叶的睫毛不说，还一脸欠揍地感叹着："阿叶，你可真是非暴力不合作。"

　　苏叶又克制不住地开始回想那些有关苏木的事，越想表情越是凶狠，恨不得揪住他的领子，再和他打上一架。

　　待苏叶后知后觉地意识到，她眼中的杀气已完全暴露之时，那群本将苏叶围了个水泄不通的小萝卜头已与她拉开了足足十米的距离，一个个恨不得将自己贴在墙根上。

苏叶早已习惯被人惧怕的感觉，这些小萝卜头若都能知趣点，不跑来给她添麻烦，她倒也乐得清闲。思及此，她复又垂下了眼睫，继续坐在椅子上发着呆。

苏叶不知自己孤零零在椅子上坐了多久，待她意识到自己又在发呆这一问题时，那群被她吓得不敢吭声的小萝卜头又重新聚在了一起，叽叽喳喳地聊着些什么。

苏叶面上虽丝毫不为所动，心中却在想："年轻人精力就是旺盛。"

即便苏叶不曾刻意去听他们的谈话内容，"顾清让"这三个字却总能于无意间钻入她耳朵里。

苏叶不知这群小萝卜头频频提起顾清让这个名字究竟是作甚，又兀自垂着脑袋，默默地发自己的呆。

又过了约莫一个半时辰，那艘在天际徐徐飞行前进的方舟终于停了下来，落在一块铺满青石板的空地之上。

苏叶不过站在方舟的甲板之上张望了一眼，便被此时此刻呈现在自己眼前的景象所震慑住。

四周皆是巍峨高耸的山峰，如剑一般直插云霄，而苏叶此时所处的这一大块铺满青石板的空地，则听闻是太阿门上一任首席弟子白芨一剑劈出来的。

顾清让恰是太阿门而今的首席弟子，可若拿他与白芨相比较，那简直是萤火之光与皓月之别。

连苏叶这种对身外之事一概不知之人都对白芨的生平如数家珍。

三、苏叶觉得自己就像身处一片迷雾之中，不论是前方还是身后，皆被浓雾所遮蔽，她看不清前行的道路，亦找不到退路。

潜入太阿门的头一日可谓是乏味至极。

苏叶既已被选作精英弟子，那么她的待遇自然也就与普通弟子不同。

普通弟子入了太阿门后去了何方苏叶也并不知晓，她只知自己与另外二十九名弟子一同被送上了玄女峰修行。

也就是现在，她方才体会到了修仙界第一门派的财大气粗。

　　玄女峰虽不算太大，却好歹也是一座完整的山峰，而这偌大的玄女峰之上却堪堪只住了苏叶等三十名精英弟子。

　　日常做功课学习仙术的大殿在玄女峰顶，他们的住处则被建在半山腰上，半山腰上树木葱茏、花草幽香又有自山顶融化的小溪流潺潺流过，简直是神仙住处一般的地儿。

　　苏叶像个从未见过世面的土包子般啧啧称奇，她一边跟在玄女峰管事身后走，一边等着管事给她分配院落。

　　玄女峰上共有小院十五间，也就是说需要两人同住一间院落。

　　和苏叶分到同一间院子里的恰是那个神态颇为倨傲，名唤白芷的小姑娘。

　　一听到自己的名字和苏叶连在一起，小姑娘那颇显冷淡的面容上立马就绽出了一抹笑。

　　既已分配好院落，苏叶便不能再继续跟着大队伍一同走，与白芷并肩一起踏进了管事所说的院落。

　　小院外挂了块匾额，匾额上歪歪扭扭写着"梨花白"三个大字。

　　这梨花白小院看起来倒与仙境十分相称，并不奢华，却有种不加雕饰的古朴之美。

苏叶与白芷对视了一眼，继续往前走。

又往前走了二十来步，绕过一个花架，苏叶方才发觉这院子里竟还有十二名侍女恭恭敬敬地站成了两排。

苏叶犹自觉着新奇呢，白芷便笑着与她解释："她们大抵是上一批招入的杂役弟子。"

也就在这时候，苏叶方才知晓，原来所谓的杂役弟子还真是做杂役的。

他们这样的人本身天赋不足，本不具备修仙的资格，却又仍对修仙之事怀有向往之心，于是宁愿来给门中精英弟子及各长老做杂役都要进这太阿门。

白芷细声细气地与苏叶讲着这些事，苏叶面上一片平静，明明没有任何表示，白芷却依旧热情。

这梨花白中的十二名杂役弟子是分别给苏叶与白芷当差，专门负责她们衣食住行的。

苏叶虽依旧板着一张面瘫脸，心中却颇有感慨。

她虽是魔宗宗主一手带大、被视作亲生女儿来对待的，可她身边却连一个能伺候她的活人都没有，她的衣食起居从来都是苏释天亲手布置，粗活、脏活则通通都由纸符小人来干。

幼时苏叶也曾感到无聊孤寂，可她身边所能看到的活人也就只有苏家两父子。

做精英弟子的好处全然超出苏叶的想象，六名杂役弟子的分配亦细致到足以令苏叶咋舌的地步，甚至连谁伺候她梳头、谁伺候她穿衣、谁伺候她沐浴都分得一清二楚。

苏叶的贴身侍女是一个叫何盼的高挑姑娘，她先是给另外五名弟子分配好接下来要干的活儿，随后才领着苏叶在梨花白内逛。

梨花白之大全然超出苏叶的想象，若不是有何盼引着去逛，她怕是半夜接到一个任务都不知该往哪里摸。

这里亭台楼阁一应俱全也就罢了，甚至还有一汪可供洗浴的温泉、一片几乎望不到尽头的梨花——香雪海。

苏叶越往梨花白深处走神色越复杂，心中默默想着，比起这太阿门，她自家魔宗简直就穷到揭不开锅。她若真是来此处修行的，大抵会与其余二十九名小萝卜头一样兴奋到无法自已，只可惜，她来这里怀有别的目的，纵然此处再好，也不是她的容身之地。

苏叶跟在何盼身后走了足足有半个时辰，方才逛完整个梨花白。

她一边感慨，一边暗中记着路线。

头一日苏叶便在熟悉环境与安置东西中度过，直至次日，这三十名精英弟子方才第一次踏进大殿学习仙术。

玄女峰的山顶与半山腰几乎是两个不同的世界。

大殿金碧辉煌巍峨耸立在一片云雾之间，叫人乍一看过去还以为自己不小心闯入了九重天宫。

苏叶在逛梨花白之时本就受了不小的打击，而今再一看到大殿，突然之间整个人又都不好了，她不禁陷入了沉思，"穷困潦倒"如魔宗，要怎样才能撼动太阿门这棵参天巨木？

苏叶身为魔宗教众却对魔宗存在着很大的误解，甚至她都从未去过宗内大本营，只知魔宗宗主一天到晚都穿得很破烂，至于魔宗少主，则一年到头都穿着同一件紫衣。而她这个所谓的宗主义女更是天天住在一破茅草屋里，直至她七岁那年被苏木带出去见了世面，方才晓得，原来这世上还有描金雕花的琉璃瓦屋。

一路感慨着，苏叶便踏入了大殿。

跨过大殿那高高的门槛，首先映入苏叶眼帘的便是三十个摆放得整整齐齐的蒲团，显然是给苏叶等精英弟子用来盘坐练功的，那三十个蒲团之前还又摆放了一个格外与众不同的蒲团，上面盘坐着名须发皆白的老者。

修仙讲究五行调和，金、木、水、火、土缺一不可，故而每个属性都会配有不同的师父。

那名须发皆白的老者正是给精英弟子们授第一堂课的师父。

第一堂课的内容是教大家如何用自己的身体来感受天地灵气，在座的精英弟子中有不少人是世家子弟，是早就在家族中学习过该如何吸收灵气的，可也有少部分人出身草根，在成为太阿门弟子前只当修仙是个遥不可及的梦。

苏叶自幼修魔，自她懂事以来便已晓得该如何运用体内的魔气，故而当她像个稚童一样从头开始吸收灵气时，唯一的感觉就是——没任何感觉。

苏叶一直以来所担心的事来了。

她本为魔宗之人，修的自然是魔，故而，任凭她再如何努力地去感知那些灵气，身体都无任何反应。

大殿中在座的各位皆是天赋异禀的天才少年，不过半盏茶的工夫，所有人便都已经感受到灵气，唯独苏叶仍在苦苦挣扎。

苏叶只是看着木讷罢了，她非但不傻，反倒还能称得上是聪明。

自打她发觉自己压根儿就吸收不到一丝灵气的时候，一个不好的念头就浮上了心头。

太阿门竞选弟子之日的那扇石门便是用来感应灵气的，一个人身上若无灵根经过石门时便无任何反应，相反，一个人身上的灵根越是纯粹，穿过石门时所发出的光芒也就会越亮，这几乎是所有修仙门派用来检测灵根的通用办法。

急到冒了满头大汗的苏叶突然回想起了那天一个几乎就要被她所遗忘的细节，那便是在她穿过石门时突然出现的那颗小石子。

起先她还对其毫不在意，直到今日她发觉自己根本感受不到天地灵气时才猜想，会不会自己根本就没有所谓的灵根，当日让石门光芒大涨的其实是那颗不被任何人放在眼中的小石子？

那么，新的问题又出现了。

　　掷出那颗小石子的是何许人也，他将石子掷出的目的究竟是什么？

　　难不成就是为了将她留在太阿门？可她若是能留在太阿门，对那人又究竟有何用？

　　苏叶有太多想不通的问题，疑问一个又一个地浮出水面，她那原本空空如也的脑袋瓜子突然就被填得满满当当。

　　而又不知为何，她脑中忽然浮现当日突然出现在悦来客栈的那名强者。她的眉头十分罕见地皱了起来，如果在选拔之际将石子掷出的人正是那名强者……

　　她情绪内敛地托腮沉思着，顾清让那张清冷的脸却时不时挤进她脑子里，不停地晃啊晃，最终与那夜突然出现的神秘大能重合在一起。

　　思及此，苏叶不禁打了个冷战，又一次觉着自己整个人都不好了。

　　可真相会是这样吗？

　　苏叶这般猜测，却又不敢确定。

　　而今她并未收到苏木的下一步指令，更是不敢轻举妄动，只能做好一切准备，随时等待那人的造访。

　　日子一天一天地往后推移，苏叶却始终都未能将那人等出来。

　　这已是苏叶在玄女峰上待的第三日，整整三日苏叶都不曾引出哪怕一丝灵气，原本还对她抱有很大期待的师父们渐渐都已对她失去了耐心，她这个打一开始就被人捧上天的"天才"突然就成了所有人眼中的废材。

　　那群本欲与苏叶结交的小萝卜头变脸比翻书还快，前几日还叫嚷着要与苏叶结交，而今见了苏叶全都绕道而行，对苏叶的嫌弃溢于言表。

　　遭人冷落绝非好事，对苏叶来说却好到不行。

　　天才总是备受瞩目，可若干什么都总有人盯着，苏叶又哪有机会去办苏木所安排的事。

　　苏叶本以为摆脱了那所谓的天才头衔会更隐形，万万没想到，自打"从天才沦落成废材"后，几乎整个太阿门的人都知道有苏叶这号人物，苏叶不知怎的就成了整个太阿门弟子饭后唠嗑的最热门话题，不论在哪儿她都能隐隐听到"苏叶"二字。

　　如此一来，苏叶竟成了太阿门中最受瞩目的新弟子，不论做什么都有一群人盯着。

这样的结果不是苏叶所想，此时此刻唯一值得庆幸的是，苏木那边还无任何消息。

苏叶既不曾接到任务，自然也就不惧被人盯着看。

这样的日子持续了近半个月。

半个月后的一个清晨，苏叶再度收到苏木的传书，他命苏叶今夜去赤练峰紫霄殿内破坏一个阵法，并且偷走供在阵法内的那盏莲灯。

近些日子，不论是那些给苏叶授课的师父，还是那群小萝卜头都开始对苏叶不闻不问，唯独与苏叶同院的小姑娘白芷依旧热情，日日缠着苏叶。

对这个名唤白芷的小姑娘，苏叶倒是印象颇深。头一日所有人都跑过来缠着自己的时候，唯独她一个人远远站在角落里看着，一张清冷的小小瓜子脸上不曾表露出任何情绪。

正因有着这样的第一印象，苏叶便以为白芷是个内敛的姑娘，又岂会想到，住进玄女峰的第一个晚上，白芷便拎着零嘴来找她聊天。她仍是那个半天都憋不出一个字的锯嘴葫芦，白芷却像一个能不断往外倒出豆子的竹筒，一整晚都在噼里啪啦说个不停。

苏叶本就不喜与人亲近，可不知为何，看着白芷这般绘声绘色地与她讲着一些她不曾听过不曾见过的事，这种感觉倒也不错。

也正因苏叶并不抗拒她的有意接近，白芷便缠上了苏叶，一开始还只是饭后跑来找苏叶闲聊，再往后些，不论是吃饭还是去大殿上课都黏着苏叶。

今日又是如此，一下课，她便"噔噔噔"朝苏叶跑来，又要缠着苏叶一同吃饭。

苏叶今日还有任务要做，难免会有些心不在焉。

半碗米饭下肚，苏叶已饱了七成，便斜着眼去瞥白芷，看她究竟准备何时离去。

白芷这小姑娘倒是一如既往地黏人，明明早就吃完了饭，还要一直杵在苏叶跟前叽叽喳喳讲个不停。

苏叶不明白她究竟哪来这么多话，闲暇无事的时候听她说说倒也无妨，可如今自己有任务在身，再听她絮絮叨叨不停地说，难免会有些烦躁。

白芷今日又拉着苏叶自顾自地聊了一个多时辰，方才打着呵欠回到屋里。

夜色渐深，雾色正浓。

和衣躺在床榻上的苏叶悄无声息地爬了起来，翻过半敞着的窗，穿过浓雾，健步冲向赤练峰。

早在入住玄女峰的那一日苏叶便弄到了太阿门的地图，近些日子，苏叶状似无意地在各座峰之间来回闲逛，为的就是早日摸清地势。也正因有了前些日子的准备，苏叶今夜寻起路来倒是格外顺利，不过须臾，便已被她找到赤练峰上的紫霄殿。

紫霄殿外有值夜守殿门的弟子，那些弟子于苏叶而言不过是小猫两三只，动一动手指便能弄死，可苏叶总觉着苏木费尽周折让自己混入太阿门，定然不会只是为了这么一个小任务，她怕是还得在太阿门潜伏很长一段时间，既然如此，便不能引起任何风吹草动。

本可直接从正门杀进去的苏叶换了个更柔和的法子潜入紫霄殿。

紫霄殿内一片空旷，最中央的位置摆了盏再显眼不过的莲灯，灯外叠了一层又一层的淡金色光芒，显然是有阵法护着这莲灯。

苏叶微微眯着眼又将这阵法细细打量一番，才欲伸手去触碰，身后便传来一阵灵气波动。

敏锐如苏叶立马将手收回，下意识转身去看。岂知，就在苏叶转身的那一刹，突然不知打哪儿冒出了一颗拇指大小的石头，好死不死恰好砸在苏叶的脑门上。

苏叶现在可谓是看到石子就脑仁疼。

即便是用膝盖去想都知道定然又是那人，除了那人，苏叶想不到究竟还会有谁会动不动用石子来骚扰自己。

思及此，苏叶连忙捂着被石子砸到的脑袋，小心翼翼地环顾四周，她左看右看上看下看却压根儿就找不到拿石头砸她之人。

最可怕的往往是那些未可知的事物，这种她在明敌在暗的感觉直叫她头皮发麻。

恐惧顺着脚踝一路向上缠绕，苏叶整个背脊都在发麻，却丝毫不敢轻举妄动。

更叫人头大的是，在苏叶进退两难之际，竟还有一块更大的石头砸了过来。

那石头砸来的角度着实刁钻，加之出现得太过突然，苏叶侧过身子险险避开，却无法阻止那石块砸在阵法上，在外驻守的太阿门弟子被惊动了。

苏叶心中大骇，心中暗骂一声便匆匆从此处逃离。

依照她从前的性子，即便将此处所有人杀光都要抢到莲灯，可她也绝非鲁莽之辈，知道这太阿门卧虎藏龙，纵然是抢到了莲灯，她也定然无法全身而退，故而也就放弃了这一次机会。

接下来的日子，苏叶不敢轻举妄动。

苏叶觉得自己就像身处一片迷雾之中，不论是前方还是身后，皆被浓雾所遮蔽，她看不清前行的道路，亦找不到退路。

这种事苏叶本该向苏木禀告，奈何那只传信的夜鸦迟迟不曾出现。

苏叶不知苏木可曾在这太阿门中安插别的眼线，亦不知那个神秘人是否知道自己的真实身份。

苏叶想，他若真一直盯着自己，必然会在她接到下一个任务时有所行动。

既然如此，她便按兵不动，引蛇出洞。

日子很快又恢复了往日的平静，不论是那个神秘人，还是苏木都不曾再度出现。

苏叶那紧绷着的神经渐渐得以放松。

令苏叶感到意外的是，当日太阿门中惊鸿一瞥的那个少年顾清让竟会再度出现，并且会以这样一种诡异的方式出现在她面前。

再相见的时候，苏叶恰在梨花白后院的温泉中泡澡，不远处的屋顶上突然传来"砰"的一声巨响，原本微微垂着眼帘、几乎就要睡着了的苏叶连忙睁开了眼。

只见某样黑漆漆的东西滚轴似的一路朝苏叶所在的温泉池畔滚。

原本被泡得昏昏欲睡的苏叶瞬间清醒。

此时夜色微凉，不断从温泉中腾起的氤氲热气模糊了苏叶的视线，隔着雾一般浓厚的水汽，她看到一个身穿白衣的少年满脸慌张地挣扎着从地上爬起。

那少年刚刚从屋顶上摔下来，整个人都还有些晕乎乎的，头晕眼花之际更是分不清东西南北，他捂着脑袋转啊转啊转，突然就停在了某个最不该停留的方位，再一抬眼，整个人宛如被九九八十一道天雷给同时劈中了，那叫一个外酥内嫩。

那隔着雾色隐隐约约看到苏叶胴体的少年本就已经够尴尬的了，偏偏这时候还不知打哪儿刮来了一阵妖风，"哗哗"两下就将雾气和水汽全都给吹散了，修仙之人的目力本就比寻常人好上太多，连遮蔽物都被风吹开，他便看得更清楚了。

月色下少女莹白的肌肤覆着一层淡淡的光，仍在不断冒着热气的温泉水堪堪没过她的胸脯，纤秀的锁骨与白嫩的香肩花一般绽放在他眼前。

他觉得自己呼吸有些沉重，目光避过她的肩颈，落至她的脸颊，最后再停留在她的眼上。

苏叶的眼一如从前那般空洞无物，与其说他是撞见了个妙龄少女在沐浴，倒不如讲是撞见一个精致的人偶在此泡澡。

顾清让一脸惊恐，神思却十分迷茫。

他虽已年满十九岁，在男女之事上却懵懂至极。他知男女授受不亲，更知男儿不得偷看姑娘家洗澡，故而也就越发不明白了，这小姑娘怎么就这么淡定？

顾清让这边犹自纳闷着，苏叶也在心里直犯嘀咕，心想，这人究竟还要盯着自己看多久？

　　顾清让自幼过着与世隔离的清修日子，是个没常识的人，他也是万万没想到，长这么大还能遇上个比他更没常识的苏叶。

　　于是，两个没常识又都很呆的人就这般大眼瞪小眼瞪了老半天。

　　顾清让是实在没经验来应对这种事，毕竟也不是谁都能大晚上的撞见姑娘洗澡不是。

　　至于苏叶……她纯粹就是执着不服输，顾清让不先把目光收回，她也是万万不会收回自个儿的目光的。

　　于是乎，这两人的第二次相遇便这般诡异又执着地相互干瞪着眼。

　　到最后还是顾清让先沉不住气，连忙转过身去，压低了声音道歉："对不住，对不住，我真不是故意的。"

　　顾清让此言才落，苏叶方才后知后觉地发现，自己这反应似乎有些不对啊。

　　她虽没常识，却也像所有正常的小姑娘一样，闲着无聊时就看看戏折子。

　　那些不知是苏木打哪儿弄回来的戏折子里也有不少女子洗澡

不小心被男子看了的案例，可不论是哪本戏折子，那些被人看了的姑娘家总要捂着压根儿就没被人看到的胸脯，花容失色地喊上那么一声："登徒子！"

对此，苏叶着实感到疑惑。

她不明白，捂着胸口吼上一声登徒子究竟有何用，倘若对方真是个心怀不轨的登徒子，该发生的仍会发生，倒不如一鼓作气提刀将那人劈成两半来得实际。

直到想到这一层面了，苏叶方才后知后觉地发现，自己似乎被人给占了便宜，于是，怒从心头起，恶向胆边生，她那空洞洞的眸里突然多出了那么一丝丝戾气。

她的目光在顾清让身上扫了又扫，最终却只得到一个答案——放弃。

是了，正所谓好汉不吃眼前亏，她一看就知道自己打不过人家，既然如此，又为何还要上赶着给自己添麻烦？更何况，此时此刻的自己身上不着片缕，也不方便去与人打架。

而此时此刻的顾清让，面上看着倒是平静，实际上早就慌得连话都不知该如何说，故而他一直在等，在等苏叶来处置他。

自打顾清让转过身去了，便一直都不曾开口说话，从苏叶的角度望去，只能看到他那修长的背影。

太阿门的弟子统一配发的是件极其宽大的白衣，看着倒是仙气飘飘的，可绝大多数人穿上去只会给人一种拖沓感，但顾清让穿着刚刚好，他身量颇高，又是少年人所特有的那种修长骨骼，一袭白衣穿在他身上真真是像极了那欲乘风归去的谪仙。

苏叶默不作声地盯着他的背影看了许久，才道："我还没洗完，你若找我有事，就去外边等着。"

顾清让的身形明显一晃，他等了老半天，却没想到会等来这样一个答案。

其实苏叶也是不知道该如何处理这件事，想了半天也才憋出这么一句话。她本以为"经验比自己丰富"的顾清让还会有什么话说，岂料他听完，竟真呆头呆脑地走了出去。

苏叶这人呢，就真如苏木所说，比起寻常人要少根筋，故而，即便都出现这种情况了，她仍能像个没事人似的待在温泉里优哉游哉地泡着澡。

又过了近半盏茶的工夫，苏叶才终于心满意足地从池中爬了出来，松松垮垮地裹着浴袍大剌剌地走出浴室。

　　她这人的心倒也不是一般的大，泡得开心了便忘了外边还有个顾清让在等自己。

　　故而在她踏出浴室门，看到顾清让的刹那，突然就又整个人都不好了。

　　她是真不在意自己被人给看了去还是怎么的，反正又不会少块肉，可她呀，却是真怕麻烦。

　　她本想假装自己什么都没看到，直接从顾清让眼前绕过去，却不想顾清让大老远地看到她，便直接从石椅上弹了起来，并且还径直朝她走了过来。

　　这下苏叶就更不知该如何是好了，只见那顾清让走得气势汹汹、虎虎生风，不知道的还以为是来强抢民女呢。

　　本就有些心虚的苏叶竟真被他这股子气势所折服，就这么杵在原地死活不敢动。

　　顾清让人高腿长，不过十来步便已逼至苏叶身前。

　　此时的他又恢复成了初见时的模样，像是一柄出鞘的利刃，身上锋芒毕露，直叫人不敢逼视。

苏叶被他这突如其来的变化吓到，她下意识伸手去推胸脯都快碰到她鼻尖的顾清让，想将他推出自己的安全距离以外，他却在这时候突然停了下来，低着头，直勾勾地望向苏叶道："你是魔宗之人。"非疑问句，而是一切了然于胸的陈述句。

第二章

◆ 这位兄台，你怕是病得不轻啊！

一、不多时，苏叶耳畔便传来一阵歇斯底里的尖叫声："来人呀！快来人呀！有登徒子！"

霎时，苏叶的心脏几乎都要跳出来了，她内心的焦灼不言而喻，受惊吓程度不亚于突然看到一群被她砍死的人从地上跳起来大摇大摆地向她求亲。

苏叶从未如此庆幸自己是个面瘫，纵然遭此惊吓，也依旧能保持淡定，唯一暴露她心中惊骇的怕也只有那颤了又颤的唇瓣。

她心中思绪万千，却仍是一句解释的话语都没能说出口，最终她也只是咬字清晰地道："这位师兄可知话不能乱说？"

苏叶面容长得稚嫩，声音也轻轻柔柔，唯一的缺憾大抵就是她的声音一如她的眼睛那般不带一丝情绪，固然好听，却干巴巴、冷冰冰并无活人该有的生气。

苏叶这般浑身上下都充满矛盾的姑娘又有谁会不感到好奇？

顾清让的身量比苏叶高出太多，他看着苏叶也颇有些居高临下的意味。他盯着苏叶看了又看，试图从这姑娘的眼睛里找到答案。

可苏叶的那双眼就像黑漆漆的无底深渊，里面只有不断往深处旋转的旋涡，而无任何答案。

不过几息的工夫，顾清让便放弃要继续探索的念头。

此时的苏叶心中虽紧张得不得了，却仍一直在悄悄打量顾清让，不同于苏叶的木然，顾清让的眼睛里能看到很多东西，有疑惑，有迷茫，亦有一丝敬佩。

苏叶还真不知他敬佩什么。

可站在顾清让的角度来看，他其实早已笃定苏叶是魔宗之人，虽拿不出确凿的证据，可他那日亲眼看见了苏叶在客栈中灭掉最后一个活口，也正因此，在太阿门选弟子之日再度看到苏叶之时，他才会突然动这样的心思——将自己身上的灵力灌入石子中，再用石子去砸那测验灵根的石门。

他既是修仙界两百年才出一个的天才，那石门的亮度自然也是与他体内灵根所匹配的，所以苏叶才理所应当地被人当作了天才中的天才来看待。

像苏叶这种有任务在身的魔宗教众自然需要低调行事，被顾清让这么一折腾，整个太阿门都知道了她的存在，想必这也是这么多天以来苏木都不曾联络她的原因。

太阿门表面上看着平静，实际上不知有多少双眼睛盯着苏叶，而顾清让亦是其中一个。

他今日这令人印象深刻的出场方式，不过是他常在河边走一不小心湿了脚的小事故罢了。

苏叶的神态着实太过淡然，顾清让找不到一丝破绽，他思来想去，最终也只能选择放弃。

至于苏叶，她被顾清让给盯着打量的时候可没闲着。

她明明是第二次见到顾清让，可不知为什么总觉着他身上有一股熟悉的气息，于是她便垂着眼帘一遍又一遍地在脑中搜索着有关他的记忆。

苏叶的记性虽已堪称很差，可她依旧记得与顾清让两次见面的那些小细节。

他们第一次见面是在太阿门甄选弟子那日，那时明明是两人头一次见面，顾清让却用一种古怪的眼神总盯着自己看……

不知是为何，稍一回想起那些细节，苏叶便莫名将他与甄选之日落在石门上的石子，以及前些日子，她去紫霄殿盗莲灯时出现的神秘人联系到一起。

苏叶心中虽是这般猜测，却不能傻愣愣地将这些话说出口，只用一种"你别是有病吧，还盯着我看做什么"的眼神冷冷瞥着他。

顾请让却宛如瞎了一般，直接忽视掉了苏叶的眼神，继续锲而不舍地追问着："我知道你叫苏叶，魔宗似乎也有这么一号人，可这名字太过寻常了，更何况你若真是魔宗那个苏叶，来了太阿门又为何不改名？"

苏叶心中又是狠狠一颤，眼中的嫌弃之意越发明显。

是了，这下，苏叶是真开始嫌弃顾清让了。

也不是嫌弃别的，就是他这人的问题和废话未免也忒多。

多说多错，再加上苏叶性子本就懒散，又仗着他毫无依据，根本就拿自己没办法，她便翻着白眼与他道了句："我不知道你在说什么。"话音一落，就准备转身离去。

顾清让可不是那么好打发的，又紧追不舍地问了句："你来太阿门究竟有何目的？"

这下苏叶是真懒得搭理他了，心想，反正他也没任何证据证明自己便是魔宗之人，还理他作甚？

苏叶是个行动派，这个想法才打脑中冒出，她便趿着木屐"嗒嗒嗒"地往前走了两步。

却也仅仅走了两步。因为才走两步而已，她便发觉自己走不动了——顾清让的手搭在了她肩上牵制着她。

苏叶不禁抽了抽嘴角，下意识回头看了顾清让一眼，哪里又能想到，就这么看一眼的工夫，她那松松垮垮搭在肩上的浴袍就这么被顾清让给扯落了，此时此刻正顺着她白嫩嫩的肩头"刺溜溜"地往下滑。

空气好像突然凝固，回过头来的苏叶就这么眼睁睁看着那浴袍领口顺着自个儿的香肩一路滑到腰际，露出一大片白花花的嫩肉。

夜幕之中是谁倒吸了一口凉气？

苏叶的关注点全然不在这上面，第一反应便是庆幸自个儿胸小没料，纵然被他看了，也占不到多少便宜。

一番感叹之后，苏叶方才想起，纵然自己胸小，终归还是被占了便宜呀！

思及此，她突然又陷入了沉思，纠结着该不该趁现在将自己的浴袍从顾清让手中抽出。

她的眼睛慢慢朝顾清让所在的方向瞥，却见他目光涣散一脸痴呆地盯着自己的脸，那原本白净通透如水煮蛋的脸霎时红了一大片。

苏叶无比艰难地咽了一口唾沫，本想与他说上那么一两句话，却不想，她的目光才与他撞上，他便如同被火灼烧到了似的连忙将头垂下去，避开她的目光。单纯如顾清让又哪里想得到，他这一低头，却刚好看到了最不该看的东西。

于是，他的脸涨得越发红了，整个人像抽风似的连忙将头抬了起来，用一种十分不安的眼神望着苏叶。

苏叶这人虽呆了点，却也不是个傻子，从未被人盯着胸脯这般看的她再度陷入了沉思——

若是寻常姑娘被人这般对待，又当如何处置？是该捂着胸口装着涩，还是一巴掌直接呼上去？

苏叶的少根筋就体现在这里。

不论是苏木还是宗主苏释天，都曾因苏叶的少根筋而感到痛心疾首。

其中反应最为激烈的自然是苏叶身边那唯一的玩伴——苏木。

苏叶都已记不清苏木曾苦口婆心地给她讲过多少道理。

有些事她倒是真记在了心里，可绝大多数时候都是讲了跟没讲一个样。

此时此刻，苏叶脑子里乱糟糟一片，像是有人把她脑中的线全都缠成了一团，不停地搓着揉着。这明明是一个正常姑娘遇到后能即刻做出反应的事，苏叶却无措地被困住了，与其让她处理这种事，倒不如给她一把刀，让她直接冲上去与顾清让拼命来得痛快。

就在她苦苦纠结之际，暗处又传来了一阵细微的脚步声。

不论是苏叶还是顾清让，听力都极好，哪怕是秋叶落地的声响都逃不过他们的耳朵，更不用说是脚步声。

几乎就在声音出现的刹那，苏叶和顾清让均转头望去。

此时天际恰好飘来一朵薄云遮蔽了月色，苏叶与顾清让又恰好都站在角落里，仅仅是从此处经过的白芷本不该这么快就发现角落有人。

可苏叶与顾清让这两尊大佛的目光着实太过炙热，以至于……原本还好端端哼着小调儿走自己路的白芷没由来地一阵心悸，寒意顺着尾椎骨直往上蹿，几乎就要掀翻她的天灵盖。

白芷突然就整个人都不好了，这股异样的感觉使她停下了步伐，又鬼使神差地扭过头去，朝某个不起眼的角落瞥了一眼……

只见穿月白浴袍的少女三千青丝尽散落，目光穿过那如同水墨勾勒的发，隐隐约约能看见她那莹白如玉的肩头、纤秀巧致的锁骨，甚至还能看到锁骨之下那嫩如凝脂的……

明明自己也是个姑娘家，可不知为何，一看到这样的画面，白芷心脏便忍不住开始狂跳，那张纤秀的瓜子脸也红得不像话。

她的目光在苏叶身上停留了许久，隔了半晌才后知后觉地发现苏叶旁边站了个人，且还是个身形高大的白衣男子。

并非白芷不识得顾清让那张脸，只是遮蔽住皓月的那朵薄云恰好在这时被风吹开，银白的月色当头洒下，落了苏叶与顾清让一身，而顾清让的脸也刚刚好融在了月色里，于是，从白芷所在的方位望去，除却知道眼前的登徒子穿了一身白，此外一无所知。

至于那被人扯落了浴袍也依旧一脸呆滞的苏叶，明明她那双空洞洞的眼睛里什么都没有，白芷却愣是看出了无助与脆弱。

白芷此时的表情太过复杂，一会儿皱眉，一会儿咬唇，一会儿又叹气，苏叶着实闹不明白她准备做什么。

可现在的苏叶着实需要一个人来替她解围，所以当白芷的目光再度扫来之际，她连忙狠下心来在自个儿大腿上掐了一把。

疼痛于苏叶而言太过常见，纵然掐得挺疼，苏叶的表情也依旧淡漠，就连面部的肌肉也不曾因这痛感而抖动半分，唯一不同的也仅仅是有眼泪不受控制地冒了出来，模糊了她的视线。

即便此时是在夜间，只有微弱的光亮，苏叶也仍能清楚地看见白芷那不停变换着的面部表情——

三分惊讶，三分惶恐，最后四分全然是惊吓。

不多时，苏叶耳畔便传来一阵歇斯底里的尖叫声："来人呀！快来人呀！有登徒子！"

……

再往后的事已无须再详说。

白芷的那一声嘶吼引来了一群杂役弟子，修仙之人的听觉又往往比普通人来得敏锐，梨花白里的骚动一下又引来了别的精英弟子及杂役弟子，总之，顾清让的名声就这么被毁了。

苏叶依旧呆呆的，倒是顾清让率先反应过来，替她捞起了浴袍，将她整个人遮得严严实实的。

至于那一时激动的白芷，才喊完便后悔了，不为别的，只因她终于看清了顾清让的脸。

顾清让究竟是个怎样的人，与她同一批次的精英弟子或许并不了解，而她却是清楚得不得了。

　　那一夜发生了多少事，苏叶已记不清，毕竟她这脑子就是与平常人的构造不太一样。

　　她唯一清楚的是，太阿门首席弟子顾清让的名声就这般让她给毁了。

　　正所谓好事不出门，恶事行千里。那夜以后，整个太阿门的人都在传，首席大师兄顾清让偷看苏叶洗澡，甚至还妄图霸王硬上弓，精英弟子白芷恰好打此处经过，才保住了苏叶的清白。

　　苏叶也是纳闷了，压根儿不明白这匪夷所思的谣言究竟从何人口中传出。

　　所幸她还不知这一谣言都已传到了苏木耳朵里，否则她怕是会郁闷到心肌梗死。

　　这些天不仅仅是苏叶一人忧心忡忡，造成这一切的始作俑者白芷更是忧心到几乎都不敢出门：一是怕顾清让会找她麻烦；二是担心这件事传入自己家主耳朵里，那可是比被顾清让找她麻烦还要麻烦的事儿。

　　总之，往后的日子里，苏叶总能看到白芷捂着胸口道："也

不知我家家主可会派人来找我谈话？"语罢，又可怜兮兮地瞅着
苏叶，"苏苏，你说我要不要找个没人的地方先躲上几天呀？"

　　苏叶也不知该如何去安慰白芷，毕竟她长这么大都还从没安
慰过人，更何况，她还是个一棍子敲下去都憋不出半个字的锯嘴
葫芦。

　　白芷依旧抱着脑袋思索该如何保住自己的小命，而苏叶也托
着下巴开始思考人生。

　　她进太阿门已有数日，苏木那边却仍无任何动静，仿佛突然
失踪了一样，这绝非苏木的做事风格，素来没心没肺的苏叶也因
此感到忧心忡忡。

　　她本就因苏木的事烦恼，偏偏她与顾清让之间的乌龙事件还
在持续发酵，"苏叶"这个普通到不能再普通的名字传遍了整个
太阿门。

　　身为魔宗细作的苏叶本想低调做事，奈何第一天就被顾清让
害得出尽了风头，以至于她一进太阿门便有无数双眼睛盯着，再
后来，她那"废材"的体质倒是使得她暂时脱离了众人的视线，
可现在又闹了这么一出。

　　一想到这个，苏叶便觉得来气，顾清让在她心中俨然是扫帚星的存在。

　　自打苏叶与顾清让闹出那乌龙以后，苏叶在太阿门中的名气更甚，甚至，每天都有人暗搓搓跟在她身后走。

　　苏叶也是不明白这些人究竟要做什么。

　　有的竭尽所能让自己看上去很低调，却不想被那直勾勾充满好奇的眼睛所出卖；有的则嚣张到想叫人一巴掌拍死他，或是突然出现在苏叶身后大吼一声"苏叶"，或是突然从前方某个叫人注意不到的角落冒出来，用看猴子似的眼神看着苏叶，边看还边不忘用手指着她的鼻子，与身边之人窃窃私语："喏，这就是苏叶，生得也就这样嘛，还以为有多国色天香呢！"

　　这样的日子一连持续了很多天，苏木从未主动联系过苏叶，苏叶亦被骚扰到压根儿抽不出一点时间去与苏木联络。

　　这绝非是件好事，以苏叶对苏木的了解，她完全能猜到苏木定然已动怒，只是尚未发作罢了。

　　苏叶在太阿门中越待越觉忧愁和烦躁，而顾清让却不知怎么想的，仍像是什么都没发生过一样，时不时地在苏叶眼前瞎晃，于是在苏叶不知道的情况下，谣言又多出了几个版本。

一是说：苏叶与顾清让本就两情相悦，偷窥事件纯属乌龙，只不过这半夜三更的在门中私会颇有些伤风败俗。

另一个版本则是说：顾清让苦恋苏叶不得。

总之，也不知是谁脑洞这么大，瞎掰了一大堆苏叶和顾清让之间莫须有的故事，说顾清让是如何如何痴情，而苏叶又是如何如何不解风情……

还有一个版本是：苏叶看似清纯实则风骚，偷偷练习魔宗媚术已成气候，顾清让早就被苏叶迷得神魂颠倒，至于苏叶究竟图的是什么，也没人能说出个所以然来。

这些子虚乌有的故事在太阿门中传得神乎其神，却无一人知晓，顾清让的每一次出现都不过是在逼苏叶承认自己是修魔者罢了。

苏叶日防夜防，生怕顾清让又冷不丁打哪个旮旯里蹦出来，这般时时刻刻提防别人的感觉是真不好受，仿佛又一下子回到了围剿魔宗叛徒的那段时光。

今夜月色明朗，皎洁如水影，窗外竹影斑驳，影影绰绰伸出几枝横在灰白的墙面上，寥寥数笔便勾勒出一幅水墨画卷。

苏叶本属毫无情调之人，可不知为何，她那还未长大就已沧桑的小心脏狠狠被此景给触动了一把，于是，她和那素来就爱折腾的白芷寻来一卷竹席、一方小几、两个蒲团，自得其乐地坐在凉亭里温酒烤肉。

苏叶这人素来不理身外事，可谓是早就断了七情绝了五欲，唯一凶猛的也就只有那食欲。

兴许是因吃是苏叶唯一的癖好，苏木便在这上面下了不少功夫。

苏叶爱吃且能吃，苏木便不论去哪儿玩都不忘捎上苏叶，当然，也还是会有无法将苏叶带出去的时候，可即便如此，苏叶也不必愁没有好吃的，只要耐着性子慢慢地等，便总能等到他带着各种各样的美食珍馐出现在她面前。

仔细回想一番才发觉，苏木其实也有对她好的时候，只是他大多数的时间都对她太过恶劣，以至于一提起苏木这个人，她便觉浑身骨头发疼，记忆会选择性地粉饰太平，疼痛却被身体刻骨铭心地记着。

二、苏叶惊了又惊，呆了又呆，隔了许久才伸出食指颤颤巍巍地指向他："这位兄台，你怕是病得不轻啊！"

不知究竟是今晚的夜色太美，还是白芷终于也有疲倦的时候，她懒懒喝了两杯果酒，粗粗吃了两块肉，便提着衣襟挥手与苏叶道别。

苏叶好不容易起了兴致，月色又这般勾人，岂舍得早早回到屋子里？

苏叶不知道此时是几更天，夜色已越变越浓，就像一团化不开的墨，不远处的竹林里已腾起了轻纱一般薄的雾，更远的地方又是何人在吹箫？

苏叶素来不胜酒力，不过三杯果酒入腹，身上便已开始燥热。

她呆愣愣地盯着茫茫夜色中的一个点，某一瞬间，仿佛有阵清风从她身边掠过，她尚未来得及撇头去看，顾清让那张足以令人头晕目眩的脸便出现在她眼前。

此时，苏叶嘴里正含着一口果酒，不曾吞咽下去，猝不及防间遭此惊吓，顿时便喷了顾清让满脸。

待苏叶意识到自己犯了个多大的错时，顾清让已然皱起了眉头。

苏叶本欲说出口的"对不起"被吞咽下去，下意识地抄起正摆放着果酒与烤肉的小几。

苏叶已做好了与顾清让干一架的准备。

换作从前，她若这般对待苏木，最后的结局定然是被苏木按在地上狠狠揍上一顿，哪怕她道了歉也于事无补。

这是她的本能，是早已深深印刻在她脑子里的烙印。

苏叶不知道这一直活在传说中的太阿门首席弟子究竟有多厉害，只知道自个儿定然无法从他手中讨到半分好处，接下来所需要思索的也仅仅是与他打一架究竟能撑过第几招。

苏叶出手如风，本着先发制人的信念，将小几一把砸在了他肩上，并且以她此生最快的速度躲避开。

他整个人却犹如石化了一般，始终维持着被砸到时的动作。

苏叶下手够狠，而他的身子骨恰好又足够硬，一击下去，小几已然裂成无数块碎片，拼都拼不回来。

这里的夜足够安静，纵然离那一击已过去一会儿，夜空中却仿佛仍残留着木块与肉体碰撞时所发出的碎裂声响。

　　苏叶不明白他为何不躲，更不会自欺欺人地去想，太阿门首席弟子也不过如此，连她这一击都躲不过。

　　苏叶陷入了沉思，顾清让却后知后觉地捂住了被砸的肩膀，一脸迷茫地望着苏叶。

　　苏叶本欲抽出藏在袖中的剑与他再战，可一看到他那迷茫中又带着些许委屈的眼神，便生生止住了这个念头，不禁呆呆地问了句："你怎么不还手？"

　　见苏叶这般问，顾清让看上去越发委屈，他揉揉被苏叶砸得几乎都要失去知觉的肩，轻声道："我师父自小便教导我莫要与姑娘家一般见识，纵然是被打了，也不能去计较。"

　　苏叶从不知道还有这样的事，不论是宗主还是苏木都只教过她身为姑娘家该如何如何做，却从不曾提起男儿又当如何做，更何况苏木也是男儿身，他却从小到大一直都在与她计较。

　　苏叶晃了晃脑袋，试图驱除莫名其妙又跑进她脑子里的苏木，又过良久，方才再问："那你又为何不躲？"

也不知究竟是她出现了幻觉还是怎的，苏叶竟从顾清让眼中看出了一丝无辜。

苏叶又晃了晃脑袋，再次集中精力盯着顾清让看，这一下别说再从顾清让眼睛里看到无辜了，连他的眼睛都要看不见了。

顾清让把自己的眼睫垂得很低，他睫毛本就纤长浓密，纵然是睁着眼的状态都能看到它随着他眼睛的眨动忽闪忽闪，而今这么一垂着，更是令苏叶惊叹，他怎么能连睫毛都比寻常人长得好看。苏叶犹自感叹着，却突然听他轻声嘟囔着："我又不知你还真会抄家伙砸……"

他本生了副冰冰冷冷的精致面容，不说话的时候看上去好似一尊冰玉雕琢的神像，毫无活人的气息；而他这般委屈巴巴地垂着眼帘，就好似那尊神圣不可侵犯、本该被摆在庙宇中供人跪拜的神像突然活了过来，分明还是那张不染纤尘的容颜，却又有什么地方不太一样了，就像是暖春逼近，冰雪在悄然消融……

苏叶不知道自己究竟盯着他看了多久，他身上像是有一种不可思议的魔力，又好像他整个人都是由磁石打造的，哪怕是一根头发丝，都有着致命的吸引力。

072

　　苏叶并非那种贪图美色之人，若只看风姿与容貌，苏木这常年被戏称为魔宗第一美男子的浑蛋也不差，甚至还有传闻，每年都有成百上千女教众因他而入魔宗。可纵然如此，苏叶仍觉顾清让更好看，他与苏木之间的区别就好比神祇与妖魅，妖魅尚可惑人心，可在神祇面前，任他再如何蹦跶也不过是个小小的妖魅。

　　兴许是苏叶的目光在顾清让的脸上停留了太久，本就一脸迷茫的他目光已近呆滞。

　　直至现在苏叶方才意识到这般肆无忌惮地盯着人家看似乎有些不妥，几乎就在意识到这问题的那一瞬间，苏叶便将头撇开了，她像是突然心虚了。可若是问她为何要心虚，她定然也答不出个所以然来，除了觉着自个儿脸烫得厉害，她再答不出任何一句话。

　　顾清让几时又见过苏叶这般别扭的模样，更何况苏叶的别扭也与寻常姑娘家不同，寻常姑娘家的别扭是面色绯红、欲语还休，她却是面色绯红、目露凶光，就像是突然被谁给惹生气了，一副要提刀砍人的架势。

　　顾清让只偷偷瞥了她一眼，就被苏叶这股子天生的"气势"所震慑住，一时间也不敢再说话。

倒是苏叶，她越是将头往后撇，便越觉身上燥热，热到她口干舌燥，甚至还因扭头扭过了而觉脖子疼。

就在顾清让手足无措之际，苏叶终于说话了，却是三个令顾清让怎么都想不到的字："对不起。"

"啊？"顾清让明显没能够缓过神来，待到他将心神全然抽回的时候，方才摇着手叠声道，"没关系，没关系，不碍事，不碍事……"

近些日子，他虽总在苏叶面前瞎晃悠，可苏叶与他终究还是不熟，更何况苏叶与他唯一的话题也只不过是在争执苏叶究竟是不是魔宗之人。

顾清让一语落下，他俩都陷入了沉思。

沉寂来得太过突然，苏叶也不知道还能再与他说些什么，只用她所惯有的清冷语调问了句："你今日来又要做什么？"

苏叶本准备下一句话就把顾清让打发走，岂知，她话音才落，顾清让便咧开嘴角，露出璀璨至极的笑。

那一笑可当真是不得了，险些就要闪瞎了苏叶的眼。

苏叶下意识地抬手去揉眼睛，手才举起一半高，便听他泉水般清冽的声音缓缓响起:"我今日过来是要提前告诉你一个消息。"

一听这话,苏叶登时就紧张了起来,她总觉着能让顾清让笑这么灿烂准没好事。

果不其然,马上就听顾清让说:"唔,我其实是想告诉你,你马上就要成我师妹了。"

他此言一出,就如同万里无云的晴天突然劈下了几个惊天大雷,苏叶整个人如同一块刚炸好的臭豆腐,被劈得那叫一个外酥内嫩。她惊了又惊,呆了又呆,隔了许久才伸出食指颤颤巍巍地指向他:"这位兄台,你怕是病得不轻啊!话不能乱说的,你知不知道啊?"

顾清让却压根儿就没搭理苏叶,依旧自顾自地说话,一会儿说成为亲传弟子究竟有哪些福利,一会儿又说自家师尊是如何如何的好,总之,就像是铁了心要把苏叶往自个儿师门拐。

苏叶是真不明白他又是哪根筋搭错了,此时此刻,她的心情着实只能用错综复杂来形容,她甚至还有那么一些暴躁,哪怕是一丁点火星都能将她引爆。

她打不过顾清让是事实,再暴躁也得忍着,可这并不代表她就得耐着性子去听顾清让的唠叨。

顾清让的话传入苏叶耳朵里全成了"嗡嗡嗡""哐哐哐"各种杂乱不堪的噪音。最后，顾清让唠叨了半天，苏叶也只听清了一句话："我如今的确还没证据来证明你便是魔宗之人，可我对你终究放不下心，总觉着得好好看着才行……"

顾清让这话说得着实没有一点信服力，可苏叶又有什么办法呢？除了由着他，压根儿就没别的选择。

太阿门弟子等级划分极为严格，想要成为一名亲传弟子可不是件简单的事。苏叶垂着脑袋自顾自地想了很久，最终还是觉着，顾清让定然没有这么大的本事让自己成为亲传弟子。

一想到这一层面，苏叶那几乎都要纠成一团乱麻的心终于舒展开了，她也懒得再去纠结顾清让这般突然跑来的真实目的是什么。

此时的苏叶只当顾清让是吃饱了撑的没事做，闲来找她消遣，压根儿不知明日会有一个怎样的惊喜在等着她。

翌日清晨，苏叶与往常一样拖着尚未睁开眼、仍捂着嘴在打呵欠的白芷往大殿跑。

大殿平日里很是冷清，今日却像是出现了另一种打开方式，殿前的空坪里甚是显眼地"藏"满了本该各司其职的杂役弟子。苏叶与白芷现在与大殿尚有些距离，不晓得里面究竟发生了什么，只能通过那些试图将自己隐藏起来，却又拼命抻着脖子探着脑袋往殿内看的杂役弟子判断出，今日定然是发生了什么不得了的大事。

那些杂役弟子的举动究竟有多引人注目呢？连困到走路都睁不开眼、一路纯靠苏叶拖过来的白芷都瞬间清醒了，她瞪大了一双犹自带着血丝的眼，一脸蒙地问了句："苏苏，我们是不是来错地儿了呀？"

苏叶并未回她话，依旧拽着她径直朝前走，待踏入大殿的刹那，苏叶又整个人都惊呆了。

不为别的，只因此时此刻，顾清让正一脸假正经地杵在高台之上。

苏叶目光扫去之时，顾清让的视线亦刚刚好落在她身上。

苏叶不知此时此刻的自己究竟是一副怎样的表情，却十分清楚地看到了隐藏在他一本正经假象下的得意。

　　兴许是苏叶在门口杵了太久，已然完全清醒的白芷连忙用胳膊肘捅了捅苏叶，压低声音问了句："苏苏，你怎么啦？"

　　苏叶也不明白自己究竟是怎么了，只是没由来地一阵心悸，总觉得有什么不好的事将要发生。

　　果然，这个预感才生出不久，顾清让的声音便突然从苏叶头顶飘来："师妹昨夜睡得可好？"

　　说这话的时候他眼睛里满满都是笑意，就像是一个打心底里关心师妹的师兄。

　　顾清让这厮生了副极好看的皮囊，这点毋庸置疑，他再这么一笑，可真真是叫人明白了何为千树万树梨花开。此起彼伏的抽气声游魂似的在苏叶耳旁飘，连白芷都不知在何时捏住了苏叶的胳膊，白芷虽表面上看着比旁人要淡定，可她那不停掐着苏叶胳膊的手指早已出卖她的内心。

　　苏叶真是怎么都没想到自己竟就这么成了顾清让的师妹。

　　顾清让仍站在台上望着苏叶，苏叶始终不曾去接他的话，而是认认真真地打量起了他。

　　人或许能说谎，可他的表情总会露出什么破绽。

苏叶盯着他看了很久，他的笑意却从始至终都不曾收敛半分。

顾清让这张脸其实长得很冷，不论眼角眉梢还是他的面部轮廓，均能用一个"冷"字来概括，可为什么生得这般清冷的他一笑起来就会有种冰雪消融、春暖花开的感觉呢……

苏叶的思绪早就跑偏了，此刻不论是殿内还是殿外，都响起了细碎的谈话声。白芷又拿胳膊肘捅苏叶，苏叶撇头望去，只见她笑得一脸暧昧："大师兄和小师妹。"微微上扬的尾音充分暴露了她那颗躁动不安的八卦之心。

苏叶深深叹了一口气，深知自己大抵是躲不过这一劫了。

常言道，兵来将挡，水来土掩。尚不知他目的之前，苏叶也只能走一步看一步了。

三、是了，苏叶的日子向来过得糊涂，从前有苏木在，被他有意无意地折腾，方才记住了一些事。

苏叶就这样被顾清让轻而易举地领走了，成为这批精英弟子中的头一个亲传弟子。

苏叶不知，她这一走究竟在太阿门中掀起了一场多大的风浪，她只知顾清让当日所说之话大抵不是假的。

他费尽心思让她做自己的师妹，大抵是真为了更好地看着她，可她仍是不明白，以他太阿门首席弟子的身份怀疑一个人是魔宗细作，直接杀了便是，何必要折腾出这么多事？

当然这种事不仅仅苏叶不明白，连顾清让本人也处于一种十分迷茫的状态。

他虽涉世不深，却也不是个傻子，自然知道遇到这种事只需告诉门中长老便可解决，而他却像是突然魔怔了似的，和那魔宗小姑娘一来二去纠缠不清。

顾清让与他师尊所居之地名唤无妄，是个深不可测的山崖，崖底别有洞天，有湖有山，有竹有茅草屋三两间，完全就是苏叶看的那些话本子中所描述的高人隐居之地。而顾清让便是在这样的环境中长大，一住便是十六年，直至三年前方才离开这里，见到外面的世界，他那在苏叶看来有些奇怪的性子便是这样养成的。

今日的顾清让看上去心情格外好，载着苏叶御剑而行的时候，不停说着他的儿时趣事。

或是在茅草屋里点火烤肉不小心烧光了他师尊的胡子，或是蹲在湖边喂鱼却弄死了湖中足足十二尾千金难求一鱼鳞的隐灵鲤……

　　他站在苏叶前方，苏叶看不到他说这话时的表情，风不断从她身旁掠过，吹散了他的话语，只余零零碎碎几点落入她耳朵里，可纵然如此，苏叶也听了个大概。

　　也就是现在，苏叶方才知晓，原来太阿门的首席弟子是这样玩着水搓着泥巴长大的，甚至他到了十六岁那年方才见到无妄崖外面的世界。

　　而十六岁的苏叶又在干什么呢？

　　除却杀人，她竟回想不起一件清晰的往事。

　　是了，苏叶的日子向来过得糊涂，从前有苏木在，被他有意无意地折腾，方才记住了一些事。

　　后来连苏木都不在了，她生命中所剩的便只是不停地杀，不停地杀……

　　顾清让一直絮絮叨叨说个不停，苏叶的思绪则来回飘荡不停。

　　风擦着苏叶的脸颊不停地摩挲，力度不大，却仍能使她睁不开眼。

今日的天很蓝，通透至极，宛若一块不掺一丝杂质的宝石，苏叶与顾清让皆穿一袭白衣，御剑穿梭在碧空中好似一对神仙眷侣。

顾清让这会儿就像一个憋了八百年的话痨，他声音虽好听却这般絮絮叨叨没完没了，活似正在"念经"的唐僧，生生破坏了这份美感。

苏叶听得昏昏欲睡，就在她即将趴在顾清让背上睡着之际，忽闻一道明显带着喜悦的声音："咱们到了。"

苏叶微微一怔，即刻睁开了眼与顾清让拉开些许距离。

顾清让停在了一间貌不惊人的茅草屋前，笑吟吟地指着它道："师妹，这就是你的闺房了。"

反正在魔宗，苏叶住的也是茅草屋，对此，她毫无意见。

只不过苏叶还有别的话要与顾清让说，她那空洞洞的眼顺着顾清让的胸襟一路上移，最终落至他脸上，与他的目光平行："你究竟是用什么办法让你家师尊收我为徒？"

大抵从没想过苏叶会问这种问题，顾清让明显愣了一愣，隔了好一会儿才笑眯眯地说了一句几乎要将苏叶气死的话："我家那老头如今正在闭关呢，无妄崖的一切还不都是我说了算。"

苏叶眯了眯眼，明显有杀气从她眼中溢出，可一想到自己压根儿就打不过这人，她刚溢出的杀气又悄无声息地散去了。也罢，也罢，好汉不吃眼前亏，总之，这笔账她记下了。

苏叶不想搭理顾清让，却又不停在心中猜想顾清让葫芦里究竟卖的什么药。

自打搬进了无妄崖以后，苏叶的人生发生了翻天覆地的变化。

从前的苏叶住在魔宗，虽时不时要被"请"出去杀几个人，却也算得上是逍遥自在，待到苏木不在了，苏叶更是堪称无法无天。即便是后来入太阿门成了精英弟子，日子也依旧算得上是滋润，哪像现在，日日天还没亮就被顾清让给吵醒了。

都说一件事若能坚持二十八日以上，那么这件事便能成为一个习惯。

这不，还不到第十日呢，苏叶就每日卯时不到便醒来了。

最可怕的还不是这个，而是每日一睁开眼便被一张硕大的脸遮蔽了视线，有时正对着苏叶眼的是一对幽深不见底的鼻孔，有时是一双散落星辰的眸，可更多的时候都是一块白花花……不知是哪儿的"零件"。

正所谓吓着吓着就习惯了，苏叶早就从惊慌失措过度成淡然自若，他若是再往她身上贴，她便一脚将他踹开，自顾自地起床穿衣。

这些天来顾清让一直都在尝试着教苏叶修炼，可她的经脉就像被堵住了一样，不论如何折腾，身体都吸不进一丝灵气。

顾清让是真觉得纳闷了。

修仙虽要看灵根，可但凡是活物就不存在一丝灵气都吸不进的情况。

这么多天下来，顾清让几乎都要怀疑苏叶不是人了。

本着不抛弃不放弃的原则，顾清让每日守苏叶守得越发勤了。

他这么一守倒还真发现了个问题，从前不论是苏叶自己还是他，都觉苏叶之所以这么弱，不过是因为没有灵根，却没想到苏叶非但有灵根，甚至那灵根的质量还并不比他差。只是体内有个类似锁灵咒的玩意儿锁住了她的灵根，以至于她无法像正常修士那样修炼。

弄清前因后果的顾清让左手捏着苏叶的手腕继续探脉，右手轻轻揉着自个儿皱成一团的眉心，露出一副匪夷所思的表情，喃喃自语："堵住你灵脉之物并非锁灵咒呀……可别说，你这状况还真不似个活物，可究竟是什么东西阻止了你的灵气输出呢？难道说……修魔之人都会变成你这样？"

　　这个问题苏叶压根儿就没想过，自然也就不知道该如何去接话。

　　顾清让倒也习惯了苏叶这性子，不接话就不接话呗，反正他也就偶尔话多。

　　顾清让想是这么想，却始终未收回那只搭在苏叶脉门上的手。

　　此时恰是清晨，昨夜又刚刚好下了一场小雨，整片竹林都被浸得湿漉漉的，一眼望去，一片沁人心脾的翠绿。

　　顾清让不说话了，苏叶又习惯性地开始发呆，她的目光依旧空洞，直愣愣地盯着头顶那片串满水珠的碧绿竹叶。

　　她发呆发得正在兴头上，右手掌心倏地一凉，甚至还带着点润泽的手感，那凉意就这般猝不及防地顺着她掌心一路传至全身。

　　不知道被顾清让在自己手中塞了个什么玩意儿的她慢吞吞将头低了下去，只见掌心躺着一块表面光滑带着丝丝凉意的墨玉。

苏叶不懂，顾清让这又是玩的哪出？

相比较最初遇到她的时候，苏叶的表情其实已经有了很丰富的变化，尽管那些变化在旁人看来细微到几乎可以忽略不计，可对顾清让来说，每一次都是不小的惊喜。

譬如说现在，苏叶的表情虽然看起来没有任何变化，而他却十分清晰地捕捉到了苏叶眼中的那一丝变化。

像是突然看透了苏叶的心思一样，顾清让的唇又微微掀起，用他那清润的嗓音道了句："此为敛息玉，只要你将它佩戴在身上，便不会泄露一丝魔气，哪怕是我师尊都看不出你是修魔者。"

他没说出口的是，此物得来究竟有多不易，外界又有多少修魔者觊觎此物。

苏叶从来都不是傻子，她虽不谙世事却也不会不懂这样一件宝物究竟有着怎样的价值，敛息玉明明泛着凉意，可不知为何，她竟觉得它烫手。

她并不想平白无故乱收顾清让的东西，可这敛息玉又恰好是她如今所需要的。在普通人面前她或许能掩住身上的魔气，可顾清让的师尊是何许人也，整个修仙界的泰斗，在他面前苏叶几乎无所遁形。

　　一股道不清的陌生情愫骤然涌上心头，苏叶呆呆地盯了顾清让许久，方才讷讷出声："你为什么要这么做？"

　　为什么要这么做？怕是连顾清让自己都说不清，他只是不想让苏叶身份败露遇到危险罢了，可这种话又该如何说出口呢？

　　真叫人难为情呀……

　　顾清让想了又想都想不出个所以然来，索性就不再去想了，兀自低头望着苏叶，又哪会想到此时的苏叶正仰头望着自己，一双黑漆漆的眼睛里仿佛染上了一层水汽。她本就不高，脸蛋又肉乎乎的，从顾清让的角度望去她简直就像一颗软软糯糯的糯米团子，偏生这糯米团子的发又生得极好，又黑又密，这样的发披散在肩上最是好看，可苏叶的头发永远都盘成圆圆的道髻顶在头顶，如此一来她本就圆乎乎的脸蛋显得越发圆，看得人心里痒痒的，只想上去捏一把。

　　顾清让有贼心没贼胆，目光在她肉乎乎的脸蛋上扫了好几个来回，最终还是生生克制住了这不安分的念头，转而将手搭在了她头顶同样圆乎乎的道髻上。

待感受到掌心传来的特殊触感时，顾清让突然整个人都不好了，一层细密的鸡皮疙瘩顿时爬满他手臂。

他这样过激的反应不是因为感觉到了不适，反倒是因为这手感着实太舒适了，以至于等他意识到自己究竟做了一件怎样的事时突然就整个人都不好了。

他的身子如同石化了一般僵在原地，而被他当作小猫小狗一样揉着脑袋的苏叶则犹自思量着该不该趁现在一巴掌拍开他的爪子。

各怀心事的两人就这么僵在了原地，就在苏叶觉着着实忍无可忍之际，顾清让忽然十分欠揍且发自肺腑地眯着眼感叹了句："啊……果然和想象中一样的柔软。"

他没敢告诉苏叶的是，其实打看到她的第一眼起，他便觉着她的脑袋一定很好撸，脸蛋一定很好捏。

听到那话的一瞬间，苏叶起先还以为是自己耳朵出了问题，结果顾清让这不怕死的又伸出了"爪子"在她脑袋上揉一揉。也不知究竟是怎的，他这一揉，苏叶便觉自己整块头皮都是麻的，一股子异样的感觉顺着后脑勺一路蔓延至尾椎骨，她甚至还能感觉到，一层细密的鸡皮疙瘩如同雨后春笋一般钻出来。

苏叶突然之间也整个人都不好了，连忙撇开脑袋，躬身躲开他的"禄山之爪"，并且瞪大了眼睛，紧张兮兮地捂着脑袋往后退，边退边支支吾吾地说："你……你……把我骗过来该不会就是为了摸我头吧？你别是个变态啊！"

顾清让显然没料到自己的心事就这么轻易地被苏叶看透了，可他才不会就这么承认呢，再怎么都得替自己辩解呀。可他这人素来不善言辞，加之他又心虚得很，思来想去，最后竟只憋出一句："哎，你别躲呀，让我再揉揉呗！"

这下苏叶可真没法忍了，破天荒地朝顾清让翻了个大白眼："揉你个棒槌！要揉揉你自己的狗头！"

苏叶想，这个世界一定是疯了。

否则堂堂太阿门首席弟子又为何会像被人下了降头一样，追着她漫山遍野到处乱跑，就仅仅是为了摸她的脑袋。

这样的感觉太过荒谬，每一段剧情、每一句台词都像做梦一样匪夷所思。

　　苏叶素来不喜与人亲近，即便是与苏木，两人相处不是打架之前便是打完架以后，可眼前之人换成了顾清让，苏叶是怎么都不敢与之拼命的，可她又不想就这么平白无故地被占了便宜，故而她的第一反应便是跑！

　　是了，顾清让甚至都还没反应过来，她便像兔子似的撒腿跑了。

　　于是，接下来的画面就很美了，苏叶不停地跑，顾清让则像一条盯准了肉骨头的恶犬般锲而不舍地追。

　　苏叶简直欲哭无泪，不明白事情为何会朝这种方向发展。她不知自己究竟被顾清让这样追着跑了多久，只知当她与顾清让一同翻过茅草屋对面的小山坡时，远处与天连成一线的黛青色山峦突然冒出了紫烟，不过刹那之间那片天便被染成紫色，原本悠悠飘浮在天边棉花糖似的云朵也被夕阳染成了金黄色。苏叶一时间都看呆了，凤鸣鹤唳之音远远自山的那头响起，金色的祥云开始不停变换，由一朵圆圆胖胖的开始往外拉扯，最终变换成瑞凤的模样，在一片紫气升腾的天空里不停地穿梭。

　　就在苏叶愣神的空当，顾清让终于追了上来，趁苏叶恍神之际按住了她的肩头。

　　苏叶整个人一缩，才欲转头挣扎，便听顾清让毕恭毕敬喊了句："师尊。"

　　苏叶不禁又是一愣，转了一半的脑袋再度默默转了回去。

　　一个蓝袍男子出现在苏叶眼前。

　　蓝袍男子正是顾清让的师尊，他明明须发皆白，那张脸却宛如二十岁出头的年轻人般俊秀，他与那些二十岁出头的小伙子唯一的区别也就是头发白了些。若要再去深究，那便是一个二十岁出头的年轻人绝不会如他这般浑身散发着不怒自威的气势。

　　纵然苏叶先前有听顾清让唤他一声"师尊"，可当苏叶真正对上他眼时，仍未能第一时间反应过来。

　　而眼前这位尊者大抵也是不明白苏叶究竟是从哪个旮旯里蹦出来的，睁大了一双微微上挑的凤眼细细将苏叶打量着。

　　凭良心来说，苏叶倒是生了一副好皮囊，纵然是在美人如云的修仙界，她那容貌也依旧出挑，更为难得的还是她身上那股子美而不自知的淡然。

　　顾清让师尊打量苏叶的时候，苏叶亦在打量他。当然以苏叶的个性，除却觉着眼前这位长得可真凶、道行定然很深一定不能招惹之外，啥也没看出来。

苏叶与他就这般大眼瞪小眼瞪了老半天，谁都不曾开口说话。

气氛突然就变得很奇怪，还是顾清让打破了沉默，他从苏叶身后绕了过来，对师尊道："师尊，徒儿替您收了个小徒弟。"

顾清让这番话说得很是淡定，不知道的还以为他根本就是奉自家师尊之命收的苏叶。

苏叶有一瞬间的迷茫，可顾清让这话才落，紧随而至的便是他家师尊的一声咆哮："什么？你这小畜生给老子把话说清楚！"

哪怕是淡定如苏叶都被师尊开口与不开口时的反差给吓了一跳。苏叶又连忙抬头去看那位尊者，却见他那双原本狭长的眼已瞪得溜圆，宛如两颗圆乎乎的龙眼，再配上他那张脸，着实充满喜感。

苏叶本就不想在这鬼地方多住，却又碍于顾清让的淫威敢怒不敢言，他这位师尊出现得倒是及时，苏叶暗搓搓在心中想着，这位尊者若是一言不合就将她丢出无妄崖才最好。

顾清让师尊的大发雷霆着实令苏叶心中狂喜，她面上却依旧不为所动，依旧杵在一旁静静等候下文。

师尊瞪了半天的眼，才终于气鼓鼓地拿眼角剜了苏叶一眼："老子才不承认自己有这种弟子。"

巴不得立马就被轰出去的苏叶才不会气，她等的就是这句话，故而在她刚听到的时候，几乎都要笑出声。而顾清让那里却迟迟都未有下文，实在等得不耐烦了的苏叶连忙又开口问了句："那……我可以走了吗？"

也不知是苏叶这话问得太过直白，还是上位者的脾气都太过古怪，师尊听完苏叶这话，非但没有让苏叶立马滚，反倒越发恼火："嗬，无妄崖岂是你想来就来，想走就走的地方？"

苏叶那双本还在闪闪发着光的眼立马就暗淡了。

时至今日，苏叶方才明白顾清让为何会这般胡搅蛮缠，只因他有个更加胡搅蛮缠不讲理的师尊呀。

苏叶的目光始终黏在那位尊者身上："可您并不想收我做弟子，我在这儿大抵也只会碍您的眼吧。"

苏叶以为自己这话已经说得够明白，那位尊者怎么着都知道自己想表达什么吧，而他却与自家弟子一脉相传，先是捋着两绺胡须朝苏叶发出一声冷哼，再十分出人意料地吐出一句："呸！呸！呸！老子才没这么说！"

苏叶简直一脸蒙，时至今日方才明白，何为上梁不正下梁歪。

她闹不明白这两师徒究竟想怎样，她本就不多的耐心早已被耗尽，才不管这两师徒究竟要不要放她走，总之，腿长在她身上，她若执意要走，他们还能把她的腿给砍了不成？

苏叶心中这般想着，倒也没蠢到真将这番心里话拿到台面上来说，顾清让那厮却又不晓得抽了哪门子的疯，跟戏折子里被负心汉抛弃的痴情女似的拽住苏叶的胳膊："不行，你不能走！"

苏叶真是被这两师徒给弄烦了，当即便反问："我为什么不能走？"

几乎就在苏叶说话的那一瞬间，师尊也一脸莫名地问："对，你倒是说说看她为什么不能走？"

苏叶与那位尊师同时开口，顿时就把顾清让给问住了，他愣了好一会儿都没能想出个合适的理由，却张嘴便道："无妄崖岂是你想来就来，想走就走的地方？"

"……"

这两师徒大抵真都是傻的，如果可以，真想敲开他俩的脑子，看看里面装的究竟是不是糨糊。

苏叶深吸一口气，沉吟半晌，方才从牙缝里挤出一句完整的话："不是你非逼着我来的吗？"

听闻此言，师尊的神色变得越发微妙。苏叶与顾清让仍在僵持，他却莫名其妙地干咳了一声，随后，两眼放绿光地盯着苏叶，直盯得苏叶头皮发麻心里发毛。

他这变脸的速度也忒快，一会儿一个样，眼睛才冒完绿光，立马就笑得像朵菊花似的满脸褶子："为师也不是不让你留下，只是你那师兄这般自作主张，未免也太不把为师放眼里了。"

苏叶心中已经开始冷笑，既不接话也不提问，一言不发地望着师尊，倒是想看看这对师徒葫芦里究竟卖的什么药。

师尊也知道自个儿这样有失上位者的风度，又一脸心虚地掩唇假装咳嗽，咳了两下也不见苏叶有任何反应，后又开始装模作样地要摸苏叶灵脉。

太阿门首席弟子的师尊自然绝非等闲之辈，他手伸过来的那一瞬间苏叶本是想拒绝的，可她尚未来得及挣扎，手腕便已经被他扣在手中。

苏叶心跳明显加剧，眼皮颤了又颤，可一想到顾清让送的敛息玉仍在身上，她便觉安心不少。

苏叶下意识地抬眸去看顾清让，却见他眉眼弯弯望向自己。

他没任何表情的时候总给人一种拒人于千里之外的高冷感，可他若是笑了，又无端令人觉着心安。

苏叶原本悬着的心就这般轻轻地落了下去。

她与他本该是敌对的关系，哪怕他双手奉上敛息玉有意替她隐瞒身份，她也知道自己绝不能百分之百地去信任这个人。

可有些时候，连她也不知究竟是为何，他竟能这般使她心安。

师尊的手在苏叶灵脉上探了好一会儿，结果却是越探嘴咧得越开，一双本就狭长的眼直眯成了两条细长的线。

苏叶体内所藏着的灵根毋庸置疑是最拔尖的那种，比起顾清让也不遑多让，加之师尊分明就看出自家弟子对这姑娘有意思，他自然不会这般轻易地放苏叶走。

总之，苏叶就这样被那两师徒给强行留了下来。

苏叶又开始整夜整夜地失眠，就是被这两师徒给害的，毕竟她的身份摆在这儿，纵然顾清让看起来再无害，他终究也还是一名修仙者，而她则是站在他对立面的修魔者，这是一道怎么也跨不过的鸿沟。

第三章

◆ 他该不会是被我的美貌折服了吧？

一、"对啦，苏苏，我差点都忘了，其实我特意跑来找你不仅仅是为了叙旧，更主要的是想来找你组队。"

时间一晃而过，不过一眨眼的工夫，竟就已过了整整半年。

太阿门乃至整个修仙界的各大门派都有个不成文的规矩，凡入门满半年的弟子都得出去历练。

初听顾清让说起这个的时候，苏叶还以为是要下山去斩妖除魔。

直至那一日逼近，苏叶方才知晓，原来所谓的历练是要去一处秘境寻宝。

那秘境名唤"太虚"，每半年开启一次，境内有无数妖兽异宝，当然那些所谓的妖兽与异宝都是低阶的，只适合刚入门的新手用。

太虚秘境并非太阿门所有，供整个修仙界所有门派与家族共同使用，每年的四月初八与九月初八各开启一次，每逢这两日，各个门派与修仙家族都会派自家低阶弟子去历练。

太虚境内珍宝无数，争端与杀戮便这般滋生出。

每年都有大批弟子在里边得到外界所得不到的珍宝，亦有数不尽的弟子就此葬身秘境中，不论是哪个门派哪个家族的弟子死在秘境内都无人追究，可一旦出了秘境就不得再动武，哪怕在秘境内结了再大的梁子，出了秘境都不得再提。

也正因此，各大门派与修仙弟子才会派高阶弟子与长老前来驻守在秘境外，就是提防有人出了秘境还要闹事。

太阿门此番去秘境寻宝的共计五百人，驻守秘境外的高阶弟子与长老共十名。

去秘境的时候，一行人依旧是乘招募弟子那日出现过一次的方舟。

方舟迎风便长，苏叶静静地站在顾清让身侧，看着白衣胜雪的他掐诀作法。

今日的他又仿佛变回了初见时的模样，清冷、庄重、不染纤尘，叫人怎么也想不到真实的他是怎么一副无赖样。

直至最后一名弟子上了方舟，苏叶才与顾清让并肩走了上去。

苏叶如今的身份是亲传弟子，自然不会与那群精英弟子站在一块儿，可苏叶仍是一眼便扫到了站在人群中朝自己眨眼的白芷。

半年不见，白芷又拔高了不少，不说话的时候仍有股拒人于千里之外的疏离感。

不知为何，苏叶总有一种白芷和顾清让那厮还挺搭的错觉，可一想到这两人凑一块儿的画面，便没由来地起了一身鸡皮疙瘩，于是，她又赶紧摇了摇头，打消这个可怕的想法。

方舟缓缓自地面升腾而起，慢慢在空中飘行。

苏叶托腮望着不断往后退的黛青色山峦，两眼发直地放空自己。

顾清让要带队，自然也就无暇来盯着她。

大抵是这半年来被顾清让骚扰成了习惯，他才半日不搭理她，

100

苏叶便开始觉着无聊，明明她从前一直都嫌他烦来着，所以说习惯真是个可怕的东西。

方舟行驶的速度明明很快，两旁拂过面颊的风却轻柔得出奇，就在苏叶被风吹得快要睡着之际，身后传来了一阵细碎的脚步声。

苏叶身处人来人往的甲板上，身后时不时传来脚步声也算正常，故而她并没有放在心上，依旧自顾自地趴在桅杆上吹着风。

苏叶正发着呆，右边的肩却突然被人轻轻拍了下，她下意识地转过身去，白芷那张稚气未脱的瓜子脸就映入她的眼帘。

此时的白芷与苏叶相距甚近，苏叶甚至都能从她眼中看到一脸呆滞的自己的倒影。

"时间过得可真快呀，我们竟有半年不见了！"说这话的时候，白芷那双微微上挑的眼中有粼粼波光浮现，想必她是真有些感慨。

苏叶素来话少，更是不知该如何来接她说的这番话，垂着眼帘愣是思索了老半天，才憋出一句："是呀，时间过得可真快啊。"

半年不见，苏叶一如既往地沉默，白芷则一如从前那般话痨。

明明苏叶是这么一个无趣的人，白芷却仍能笑嘻嘻地说上一大通话。

接下来的时间里，又一直都是她在对苏叶说话，先是说了苏叶不在的这半年里所发生的趣事，然后又缠着苏叶问做亲传弟子是一种怎样的体验。

许是被她的情绪所感染了，素来话少的苏叶破天荒地说了不少，可绝大多数时候都是在与她抱怨，抱怨顾清让和他那老不正经的师尊。

白芷听得眉开眼笑，眼睛弯成了月牙儿的形状，可爱到叫人想上去捏一把。

时间就这般不露痕迹地流逝着，待苏叶与她聊完，天已经彻底黑了。

这个时间该进船舱去用晚膳，可亲传弟子与精英弟子用膳的地方不在同一处，也就是说，短暂的相聚后，苏叶便要与白芷分离。

刚准备挥着手与白芷说再见，白芷却先一步截住了苏叶的话头，又问了句："对啦，苏苏，我差点都忘了，其实我特意跑来找你不仅仅是为了叙旧，更主要的是想来找你组队。"

"组队？"苏叶皱了皱眉，这个词于她而言着实陌生。

"你大抵还不知道太虚秘境内究竟有多凶险……最危险的可不是境内的妖兽，而是那群时不时就有可能跑来攻击你的修士，所以为了保命，一般大伙都会选择结伴入境。"

听她这么一说，苏叶倒开始思索起了这个问题。

白芷的目光一直不曾离开苏叶的脸，弯着唇道："半年不见，我也不知你修为究竟如何了，大抵不会如从前那般连引气入体都做不到吧？可我仍对你放不下心，就想拉着你与我一同进去。"

苏叶独来独往这么多年，从未与人结过伴，一听"结伴"之类的字眼只会觉得麻烦。

可不知为什么，听完白芷这番话，她并不想拒绝。

或许是这半年来她已经开始习惯身边有人陪伴，又或许只因她觉着这样的环境中独来独往只会招惹个必要的麻烦罢了。

原因是什么，她已不想去探究，反正她答应了。

翌日清晨，天刚亮方舟便停了下来，落在一块平坦的空地上。

顾清让今日依旧在忙，天一亮便不见踪影。苏叶慢吞吞地穿好衣服束好发，才在想要如何与白芷会合，她便领着一群拔高不少的小萝卜头出现在苏叶房门口。

他们一行十人排着队下了方舟。

太阿门并不是来得最早的，有别的门派早早就在秘境门口扎了营。

又过了足有半个时辰，所有门派与家族方才全部到齐。

一个须发皆白的长老站在最前方叽里呱啦地说着什么，白芷听得直打瞌睡，她索性就不听了，趴在苏叶肩头与苏叶悄悄咬着耳朵："这老头可真啰唆，怪不得都说听他一席话，倒不如去鬼门关走一遭。"

苏叶觉得她这话说得甚是有理，眨了眨逐渐变得沉重的眼皮，又使劲点了点头。

而后又见白芷伸出食指指着某个方向道："看到那群身穿青袍、背上背着剑的修士了没？那是剑气宗的，放眼整个修仙界也就剑气宗能与我太阿门为敌，别的，一个都不能打。所以呀，你若是不小心落单了，看到这群穿青袍的就跑，知道吗？"

苏叶心不在焉地点了点头，目光不经意落在剑气宗某个穿青袍的弟子身上。

就这么一眼，苏叶整个人便清醒了，顿时浑身汗毛倒竖，心脏像是被人猛地攥住了一样。

那人分明就是苏木啊！

几年不见，本就颀长的他又拔高不少，容貌还是一如从前那般美艳不可直视，只是褪去一袭紫衣穿上青色道袍的他锐气明显有所收敛。

苏叶已浑身僵硬，身体绷得笔直。兴许是这样的状态着实过于反常，一直趴在她肩上说个不停的白芷立刻就发现了她的异常，连忙在她耳旁道："苏苏，你怎么啦？"

苏叶侧过身去看了白芷一眼，再转回头去望向那边，苏木竟不见了，凭空消失了，好似她先前所看到的一切都不过是幻觉。

苏叶已无暇再去听白芷在说什么，整个人都有些浑浑噩噩，跟丢了魂似的。

苏叶完全可以确定方才那一眼绝不是幻觉，是苏木特意让她看到的。

怪不得……怪不得她等了整整半年都不曾再等来他的消息。

可他选择在这时候出现在她面前，究竟有何目的？

不安与恐慌如潮水般朝苏叶涌来，一寸一寸地淹没她的身体。

苏叶的脑子从未如此混乱，她不停在脑中推算苏木此行的目的，可不论是哪个猜想，才一冒出头来便又被她否认。

这样的状态持续了很久，直至秘境打开，白芷牵着她入境，她才抽回了心神。

有氤氲水汽自地面腾起，前方一片白茫茫的雾，彻底遮蔽苏叶的视线，苏叶唯一能感受到的也仅仅是白芷正握着她的手，与她并肩前行。

不知从何时开始，眼前的雾气开始一点一点地散去，目之所及是一片沁人心脾的绿。

苏叶与白芷怔怔地站在原地，看着秘境内被风吹得一波一波倾倒的草丛。

今日能进这太虚秘境的皆是各派入门不久的弟子，没有人能想到里边会是这样一番光景。

二、叶连召这小萝卜头该不会是被苏叶的美貌所折服了吧！戏折子里不都是这么写的吗？

都说太虚秘境内凶险无比，一看到这样的景象，大伙儿反倒更觉紧张，毕竟谁也不知道撕破这平静的会是什么东西。

白芷握住苏叶的手明显紧了紧，苏叶依旧目光灼灼盯着前方。

"走吧。"苏叶轻声与白芷说。

此时的静几乎可以用诡异来形容，苏叶即便是有意压低了声音说话，那声音却成倍被放大。

苏叶能感觉到有无数双眼睛唰唰唰地朝她们这边扫来。

苏叶知道他们在期待什么，没有人愿意做那只出头鸟，她却毫不在意这种事，步伐坚定地牵着明显有些瑟缩的白芷一同走了进去。

就在苏叶与白芷彻底踏入太虚秘境以后，苏叶听到自己身后响起了浩浩荡荡的脚步声，与白芷一同组队的另外八名精英弟子也一同走了过来。

这次太阿门负责带队的精英弟子名唤叶连召，明明也就十四五岁的年纪，却像有人欠了他债八辈子没还一样臭着脸。

那些低阶宝物对苏叶来说与破铜烂铁无异，她来此处并无别的目的，纯粹是被顾清让那厮给强行逼来的，故而也就对这秘境内的一切都不怎么上心。

苏叶既无任何目的，在这秘境内自然是越低调越好，于是，整个探寻过程中，她都在努力降低自己的存在感，一直默默跟在大家身后走。

也不知该说这群小萝卜头运气好还是运气不好，头一天的白日里莫说妖兽，连一只兔子都没瞧见，可灵药倒是被找出不少。

所有人都忙着摘灵药，苏叶也象征性地摘了几株。

一天就这么过完了。

月上树梢头，苏叶、白芷他们一行十人围圈而坐，中间点了一团篝火。

有人在清洗今晚要烹烤的食材，有人在整理白日所摘的灵药。

白芷将自己所摘来的灵药一股脑摊在地上，数了整整两遍以后，方才分出一株放在苏叶手上。

苏叶不知她此举是为何，白芷却一副恨铁不成钢的神情："你难道不知道吗，门派有规定每人要上缴多少灵药和妖兽内丹的，你才摘了几株灵药呀，能达标吗？"

苏叶还真不知道有这规矩，毕竟顾清让没有告诉她。

白芷硬要将自己的灵药分给她，苏叶拒绝无果，只得收下。

整理完食材与战利品，一群闲不住的小萝卜头又叽叽喳喳地聊了起来。

有人在抱怨："什么狗屁太虚秘境，一点都不刺激，半头妖兽都碰不到，别到时候连门派规定的妖兽内丹都凑不齐。"

他话音才落，便有人附和："可不是嘛，都不知是不是进了个假的太虚秘境。"

不知是谁发出了一声不屑的嗤笑："你们可别到时候又抱怨妖兽太多，根本打不赢。"

第一个人打开了话匣子，接话附和的自然就络绎不绝，这本寂静无声的空旷空间突然变得热闹非凡。

全程也就只有两个人从始至终十分安静，一个是默默低头吃烤肉的苏叶，另一个则是侧身倚在一棵歪脖子老树下耍酷的叶连召。

这肉也不知是谁处理的，腌制得十分入味，搁在火架上随便一烤便脂香四溢，可谓是深得苏叶心。

苏叶吃得很忘我，可不知为何，她总能隐约感觉到有谁的目光一直定在自己身上。

起先苏叶还以为是自己吃多了肉出现了幻觉，可这种感觉越来越强烈，于是，在某一瞬间，她猛地抬起了头看过去。

这一看可真是不得了，一张比茅坑里的石头还硬还臭的脸就这般映入了她眼帘。

那张脸正是叶连召的，而苏叶的观察力又向来都很强，自然也就发现了细微不妥。当她与叶连召目光相撞的时候，他那张脸虽依旧没有任何表情，眼神中却明显透露出了一丝尴尬。虽然那丝尴尬细如发丝，一闪即逝，却仍被她看得一清二楚。

苏叶与他就这般相顾无言地大眼瞪小眼，瞪着瞪着苏叶突然心头一跳，十分后知后觉地意识到了一件事。

思及此，苏叶的目光不禁一凛，万分紧张地护着自己手中的烤串，冷冰冰地对他道："想吃就自己烤，我不会分给你的！"

随着苏叶话音落下，叶连召嘴角微不可察地抽了抽，这样一个小小的细节又一次被苏叶收入眼底。

苏叶却在想，他一定是被自己猜透了心事，有些难为情了……也对，毕竟他还只是个孩子。

苏叶犹自纠结着该不该分点烤肉给他，突然，远处传来骇人的尖叫声，那声音就像一柄锋利的匕首，撕破了夜色。

所有人都停下了手中的动作，纷纷朝声源处望去。

觊觎苏叶手中烤肉的叶连召是唯一一个提剑冲过去的。

趁此空当，苏叶将肉统统塞进了自己嘴里。

当苏叶再抬头，只见叶连召抱着个小姑娘从她眼前一闪而过。

人群不知何时散开了，可苏叶舍不得那些还没烤好的肉，依旧死守在这里。

篝火的火焰在不停地跳跃，那些被烤得半熟的肉在火光中被镀上了一层浅浅的橘色，分外诱人。

火光照耀不到的漆黑夜色里又有人发出了第二声尖叫。

短促、凄厉，像是承受了极大的痛楚，同时，白芷的怒吼响起："苏苏，快躲开！"

苏叶来不及躲避，一张熏得人脑仁发疼的腥臭大嘴已经出现在她面前，是妖兽。

妖兽对危险的感知力远远高于人族，此时此刻，它纵然距离苏叶很近，却仍不敢贸然行动，而苏叶被它那张臭嘴熏得几乎要昏厥，只想将这孽畜一巴掌劈成两半。

苏叶犹自纠结着该不该当众动手，却已有人先一步替她出手。

一声震耳欲聋的咆哮猝不及防间灌入苏叶的耳朵，腥臭扑鼻的兽血就这么当头浇盖在她身上。

此刻，苏叶脑中只有六个大字在不停地环绕——透心凉，心飞扬。

原本嘈杂至极的夜又突然变得极其安静，静到连那潺潺的流血声都清晰可闻。

苏叶低头瞥了眼直接被兽血扑灭的篝火，又瞅了瞅火架上还差一点就要熟、而今却被洒得血肉模糊的烤串。

没有人知道苏叶的后槽牙已经磨得咯咯作响。

白芷带着哭腔跑了过来，苏叶默默擦掉脸上的血迹，望向对面正冷着脸擦拭剑上血迹的叶连召。

苏叶才不会傻到在这种时候去找他麻烦，就凭刚刚那一剑，她便已知眼前这小萝卜头绝非等闲之辈，怕是太阿门下一任首席弟子的有力候选人了。

苏叶在打量叶连召，叶连召亦在打量苏叶。

可苏叶也知道不能再这么和他互瞪下去，于是十分心不甘情不愿地朝他道了一声谢。

　　他这人倒也是脾气古怪，听人道谢不领情也就罢了，还要板着一张臭脸朝苏叶发出一声冷哼，苏叶简直一脸莫名其妙。

　　像个老妈子似的唠叨完了的白芷又手脚麻利地从自个儿的乾坤袋里掏出一身干净的衣裙递给苏叶："苏苏，此处到处都是妖兽，你身上的血腥味太重了，若不赶紧换身衣裳，怕是要引来别的妖兽了。"

　　苏叶应了一声，便拿着衣衫绕到一棵大树后。

　　不论是修魔的，还是修仙的，都知清尘诀该如何使用，苏叶随手掐了个诀清理掉身上的兽血后才换上白芷给的衣衫。

　　苏叶与白芷身量相近，只不过做亲传弟子的时候没人服侍了，得自己洗衣服，而且亲传弟子不必再穿门内统一服装，于是苏叶便整日一身黑。

　　白芷给的这身衣衫是一袭颇有些复杂的绯色裙装，待苏叶换好衣裳，白芷又顺手给苏叶绾了个不太实用、一动就会散的矮髻。

　　苏叶能十分清楚地感觉到，自打她换完衣裳走了出来，叶连召那张面瘫脸明显又变了变。

于是，素来懒散的苏叶托腮思考起了一个问题——

叶连召这小萝卜头该不会是被她的美貌所折服了吧！

戏折子里不都是这么写的吗？

这一想法才打脑子里冒出，苏叶又开始思索另一个问题……她这样子究竟算不算美貌呢？

她这人对美素来都没什么概念，除却苏木与顾清让这种妖孽级别的，旁人在她看来都长得一个样儿。

对于这两个问题苏叶都没做太过深入的探索，只因，还未思索个所以然来她便被一人打断了思路。

那是一个巴掌脸、杏仁眼的漂亮小姑娘，正是先前被叶连召抱着跑的那个。

她现在仍是一副被吓破了胆的模样，软趴趴地靠在叶连召先前倚靠过的歪脖子老树上。身为此处"唯三"的姑娘家，她理所应当地先与此处另外两个姑娘搭话。

于是，苏叶便得知了如下内容——

姑娘名唤钟年年，年方十五，是太阿门中一名普通弟子。她所在的十人小组突遭兽群袭击，现已分散，而今也不知别的小伙伴究竟是死是活。

苏叶站在一旁默默地听，白芷则负责与钟年年交谈。

最终的结果自然是将钟年年纳入苏叶、白芷、叶连召他们组，一同在太虚境内历练。

三、这是苏叶在昏迷前所听到的最后一句话，再往后便是死一般的寂静……

钟年年的突然加入好像也并没改变什么。

接下来的日子里，妖兽的数量明显增多了，几乎每日都能遇上十来头。

精英弟子之所以被称之为精英，自然是有一定道理的，苏叶若不是仗着自个儿年纪比他们大，修为比他们深，怕是也得由衷地感叹一句，长江后浪推前浪，江山代有才人出。

苏叶在太虚境中已待足九日，今日是最后一天。

在秘境中的日子越来越凶险，今日才吃过午膳，苏叶、叶连召一行人便在路上遇到了一伙奇怪的人。

遇到那伙人的时候，他们正在与妖兽搏斗。

那伙人并非太阿门弟子，叶连召本不欲管闲事，可那伙人大老远便朝他们挥手请求帮助。

白芷瞧了，才欲拔剑去相助，就被叶连召给拦住了。他说话的语气依旧很生硬，有种不容置疑的威严："他们不是太阿门之人，也不知是敌是友，况且，今日是最后一天。"

"最后一天"四个字说得意味深长，白芷也不是什么冲动之人，顿时便听懂了他话中的意思。

最后一天也是最危险的一天，因为此时不仅是惊动了那些藏匿在密林深处的妖兽，更为关键的是资源有限。而来此历练的人，每个门派都有规定要上缴多少珍宝，总有人还没达到规定的数额，有的即便已经达到了，也想替自己多谋些福利。

前两日也有一伙人遭妖兽突袭，白芷与另外几名精英弟子主动跑去帮助，结果那伙人非但不感激，反倒恩将仇报。

身为一名资深修魔者的苏叶自然一眼便能瞧出那伙人是她魔宗教众。

与其说魔宗是一个门派，倒不如讲是一个组织，但凡修魔者，都能被称为魔宗之人。

魔宗教众虽统统都听宗主号令，可分布甚广，每一个分舵在自己地盘上做的事只要动作不太大都可不禀告宗主。不过，只要分舵有逆反之心，或者做出了宗主无法容忍之事，宗主便会遣人去剿杀那些叛徒。

苏叶虽是魔宗之人，杀的修仙者反倒不及修魔者十分之一，原因就在这里。

苏叶已与宗内失联近半年，自然不知晓宗内近期有何动向，又回想起进太虚秘境前突然现身的苏木，自然就将这伙人与他联想在一起。

苏叶成为亲传弟子后在太阿门待了足有半年，都不曾接到任何任务。这件事本就有些不合理，只是苏叶性子素来懒散，总想着再等等，又岂想到她这一等便是大半年，非但没能在太阿门中弄出什么名堂来，反倒连自由都丢了。

再这么拖下去，怕是连宗主和苏木都要坐不住了，所以，苏叶已经将苏木的突然出现视为一个转机，他定然是为了给她传达什么讯息才出现的。

苏叶认准了这个想法，顿时便拾起一截枯枝，掐了个傀儡诀，让枯枝变成自己的模样与白芷挽着胳膊一起走，而她本人则悄悄返回到先前遇到魔宗教众的地方。

那伙人依旧在与妖兽缠斗，只是相比较先前那副吃力的模样，现在的他们杀妖兽的手速不亚于提刀砍瓜。

苏叶默默地盯着他们看了好一会儿，直到所有低阶妖兽化作"零散物件"散落一地时，她方才慢悠悠地踱步走了出来。

苏叶这目标着实太过显眼，一出来便被十来双眼齐刷刷地望着。

她懒得与他们废话，开门见山地问了句："苏木派你们来有何要事？"

哪知她话音未落，那浑身沾满妖兽血的教众便如同得了失心疯似的举着兵刃朝她冲来。

显然，这是一群隐瞒了实力且训练有素的死士。

苏叶心中一凛。

难不成这群人不是苏木派来的？

答案已经浮现在苏叶心间，并非她相信苏木舍不得杀自己，而是她相信自己对他的了解足够深。

他若想杀她，才不会这般兴师动众，必然是要亲自动手，编

118

排出一场最凄绝的戏。

苏叶展开双臂，两袖被自她体内涌出的魔气灌得满满的。

不过须臾，那伙人有多半已血肉横飞地瘫倒在地上。

苏叶这一击不曾使尽全力，纵然如此，也有八九人当场毙命，仅剩三四个瘫坐在地上苟延残喘。

苏叶挥了挥衣袖拍拍手，踏着一地黏稠的血迹踱到一人身侧。

"是谁派你们来的？"苏叶冷冷注视着那大口大口喘着气的濒死之人。

他却像是失聪了一般对苏叶的话充耳不闻。

以苏叶多年的经验来看，多半是没法在此人口中套出任何话了。

她掌心聚起一团魔气直朝他面门砸去，他却在死亡临近的刹那朝她笑了笑。

那一笑着实太过诡异，全然没有笑容该带来的明媚气息，反倒阴冷潮湿，仿佛有一条蛇在苏叶背脊上攀爬。

苏叶兀自回想他那不合时宜的笑容，整个人的背脊都是麻的。

她知道，自己一定有什么事做错了，可一时半会儿，她根本想不到自己究竟错在哪里，脑中紧紧绷起了一根弦，警惕地退离那人身畔。

苏叶才与他隔出一段距离，便见那人突然仰头发出一阵痛苦的嘶吼，紧接着"砰"的一声巨响，他整个人如同烟花一般炸开，变作血浆肉块漫天飞洒。

诡异的一幕出现了，那些血浆肉块落地之后变成了一个个活生生的人！

每一块碎肉都变成了一个完整的人！

不过一眨眼的工夫，苏叶身前便已站了百来号人。

另外两个仍在大口喘气的人也像是约好了似的接连自爆。随着那两人的炸裂，原本空旷的平地上挤满了人，而苏叶则被几百号人团团围住。

苏叶心中已敲响了警钟，这大抵会是一场恶战。

事已至此，苏叶自不能再藏着掖着，得想办法速战速决。

苏叶双手掐诀，祭出近半年都不曾使用的隐灵。

隐灵是一根细如发丝的线，看似脆弱，实则坚韧至极，在过去的那些战斗中曾替她绞碎过近千柄刀与剑。

隐灵在手，再与那群人对战，几乎就是按着他们在地上摩擦摩擦再摩擦。

不过须臾，那数百号虾兵蟹将便被隐灵织成的网绞成无数碎片。

苏叶不知那些人是否还会再次"死而复生"，故而也并未想将他们一举铲除，而是趁着这个空当赶紧往太虚秘境的出入口处跑。

刚开始，苏叶对这太虚秘境一无所知，后来听那群小萝卜头念叨多了，倒也知道了不少关于这里的事。

太虚秘境一旦关闭便要再等半年才会开启，且关闭后，秘境中将变得危机重重，有无数魑魅魍魉在此横生，整个境内因瘴气太重只有黑夜而无白天，纵然是修为高深的大能者，被关在这秘境中也几乎不可能再走出去。

正因如此，苏叶才不敢再与那伙人继续纠缠。

事实一如苏叶猜测的那样，那伙人果真难缠至极，苏叶才跑了不到五百米，身后便狂风大作，一股令人作呕的腥风顿时擦着脸颊扫来。

苏叶心中一悸，连忙加快步伐向前冲，身后的那阵邪风却跟得越发紧。

苏叶不敢回头去看，并不是因为害怕，而是每一秒都宝贵无比，她不想浪费时间。

前方太虚秘境的出入口越来越清晰，只需要再使一把劲，她便可以一鼓作气冲出去！

思及此，苏叶紧咬牙关，汇聚起全身的力气往秘境出入口冲。

而那群不知究竟是什么的玩意儿大抵是察觉到了苏叶的打算，即便不用回头去看，苏叶亦能察觉到他们也加快了速度。

就在苏叶蓄起全身的力气，准备猛冲出去之际，眼前却陡然一黑，有什么东西"嗖"地挡在了她身前。

那"东西"的速度太快，快到苏叶甚至来不及看清是什么。

当苏叶的双眼再度汇聚起光，看清眼前那"东西"的全貌时，她几乎以为自己出现了幻觉。

那"东西"正是多日不见的顾清让啊！

苏叶不知他为何会在此时出现，只是他浑身散发着一股子令人胆寒的气息，就像有一只无形而又强大的手狠狠地攥住了她的脖颈，让她每一次呼吸都沉重至极，胸口也像是被压了千斤重的石块……

这种既熟悉又陌生的感觉压得苏叶整个人喘不过气来。

这样的顾清让，苏叶明明是第一次见，可为什么会有一股子说不清道不明的熟悉感？

苏叶微垂着眼睫，在脑中细细搜索着跟这感觉有关的记忆，可不论她如何去回想，始终无法将顾清让的脸与这股威压联系到一起。

就在苏叶准备放弃之际，顾清让突然抬起了右手，刹那，苏叶只觉有股强大到无法与之匹敌的力量如海浪般朝自己涌来！

也正是因有了这种危险到极致的力量在苏叶周身肆虐，苏叶方才回想起那段记忆。

事已至此，苏叶也终于明白了为什么顾清让会打一开始便盯着自己不放。

半年前，她在剿杀魔宗叛徒时所感受到的那股神秘力量，跟此时他所释放出来的力量一模一样！

那一夜凭空出现的大能者便是他！他定然在那一夜就已经看

清了她，所以，他才会打一开始就盯准了她！

只是，苏叶依旧不明白，以他的身份揭穿一个妄图混入太阿门的修魔者究竟有何困难？

他不揭穿她，却有意将她捆在身边又究竟是为了什么？

苏叶越想越觉心慌，慌到连危险逼近了都浑然不觉，直至她听到顾清让的吼声："师妹，危险！"

这是苏叶在昏迷前所听到的最后一句话，再往后便是死一般的寂静……

第四章

◆ 修仙界所谓两百年才出
一个的经世奇才也不过如此。

一、苏叶一姑娘家都不介意，他却在这时候矫情了起来，摇头似拨浪鼓："不行，不行，师父从小就教导我，男女授受不亲，我若是背了你或者抱了你，岂不还得对你负责？"

苏叶的身体在某一瞬间突然变得很轻，轻到整个人仿佛是飘着的。

意识到这一点时，她颇有些慌张地睁开了眼，却看到了满目鲜红。

天为红，地为红，海为红，万物皆是红。

莫名其妙看到这样景象的苏叶皱着眉四处环顾，可还未将整个世界看全，她所站的地面便开始震荡，热气扑面而来。

她神色淡然地运起力量抵御迎面而来的热浪，随即，才发觉原来自己踩在了一只巨龟背上。

她也说不清那巨龟究竟有多大，只知道，站在它背上就犹如站在了一座孤岛上。

巨龟驮着她在火海中畅游了近半个时辰。

这半个时辰里，天空的颜色逐渐由鲜红往湛蓝过渡，海水的颜色亦如此。又过了一个时辰，天空之上成群结队地出现了一群群形似巨龙却背生双翼的怪鸟，海中更是时不时有形态各异的大鱼跃出水面。

巨龟一直驮着苏叶往前游，也不知道目的地究竟在何方。

她盘坐在巨龟背上，耐心地等待着目的地的出现。

巨龟绕过一座高耸入云的高山后，一阵杂乱的扇翅声传来。

扇翅声又混合着让人头皮发麻的奇特怪叫声，从四面八方袭来。

她才准备祭出隐灵，便有一红衣女子出现在她眼前。

随着红衣女子的出现，周遭的景象又发生了改变。

她足下的巨龟不知何时消失不见了，转而变成了一片碧绿的草原。

广袤的草原上空，覆盖着厚厚一层藤蔓，那看不清面庞的红衣女子迎风悬于半空中，她双手高举，宽广的衣袖与裙裾不断飞扬，仿若一朵水墨洇染开的青莲，又好似一只展翅翩飞的蝶。

整个画面看似空灵而唯美，实际却杀机隐现。

红衣女子足下的藤条密密麻麻交织成一片绿色藤海，它们不断起伏，如同波浪般层层叠叠涌来，而那些被它们所笼罩住的兽，皆惴惴不安地伏在地面瑟瑟发抖。

那是一股怎样的力量，广袤似海洋、幽深如黑渊，甚至连呼吸都感到困难。

歇斯底里的哀号声同时响起，穿透了云霄，悲戚得令人心悸。

凌驾于藤海之上的红衣女子却是眉头也没皱一下，她双手交叠，掐着繁杂而古老的印诀。鲜血的味道霎时弥漫，犹如海潮般从红衣女子脚底往上席卷而来。

那一刻，藤蔓底部一片鲜红，藤蔓之上皆开出大朵大朵艳丽的重瓣红莲，死亡之花开满大地，立于她身前的一群妖兽即刻丧命。

苏叶被呈现在眼前的景象震慑住，丝毫不敢动弹，可距离方才所发生的一切不过一刹那的工夫，丛林深处又跑出两只苏叶只在画册中见过的上古凶兽——饕餮和梼杌。

两只凶兽一现世，天地间又是一番巨变。

待到异象散去，那一直都看不清面容的红衣女子突然微微勾起了唇。不知为何，苏叶明明是看不清她面庞的，却能十分清楚地感觉到她就在刚刚那一刻勾起了唇。

而后，苏叶又见她纤细柔软的右手朝虚空划过，顿时覆盖于大地之上的藤蔓纷纷疯狂地扭动着身躯，散发着滔天的杀戮之气。

饕餮和梼杌被这股气势所慑，焦躁不安地立在原地。

红衣女子居高临下地俯视着两只凶兽，少顷，她嘴角微微弯起，勾出一个凉薄的笑。

下一刻，那些疯狂扭动的藤蔓竟犹如海潮般猛地拔高，席卷而去，毫无预兆地盖住两只凶兽的身体。

夺目而耀眼的血再次喷溅而出，红衣女子闭上了眼，轻嗅着萦绕在鼻尖的甜美血腥味。

又有两条生命在染血红莲的盛开之中消逝。

伫立于此的苏叶久久缓不过神来。

她仍抻着脖子在观望，那面容模糊的红衣女子身影却离她越来越近。

本能告诉苏叶，红衣女子是一个比顾清让乃至苏木和宗主都要危险数百倍的人物，可不知为何，她对红衣女子却无一丝惧意，反倒还有些许亲切感。

苏叶不知自己究竟是怎么了，眼睛突然变得很干涩。她抑制不住地伸手去揉了揉，却有两行滚烫的液体从她的眼睛里流了下来。

这莫非就是眼泪？

可自己为什么会流眼泪？

明明打有记忆以来，她都不曾流过这种东西……

苏叶抬手胡乱在脸上擦了一把，抹去了不断从眼眶中冒出的泪。

苏叶甚至还试图朝那红衣女子所在的方向跑去，明明那红衣女子亦是朝她所在的方向行来，可为什么眼看她就要与那红衣女子触碰到，她却直接从那红衣女子的身体中穿了过去……

一切又变了。

周围的东西全都消失了。

苏叶不懂亦不明白，她歇斯底里地大喊大叫。

可不论她如何叫喊，四周依旧是空荡荡的一片，什么也没有。

是呀，这里是一片空白，什么都没有。

苏叶不自觉地捂住了左胸，那里本该有颗红彤彤的心在"扑通扑通"不停地跳，可为什么她会觉得那里很空？

"师妹！苏叶！苏叶师妹！"

是谁在黑暗中一声一声地呼唤她？

苏叶费劲地皱了皱眉头，试图睁开眼去看，可不论她如何努力，上下两片眼皮就像是被人用线给缝上了一般，怎么都睁不开。

可那声音未免也忒阴魂不散，就像游魂一般不停地在她耳中飘荡转悠。

于是，苏叶又试着努力掀开眼皮，这一次，禁锢着苏叶眼皮的已不是线，而是两团糊糊。是了，这一次睁眼不再似先前那般困难，终于有所松动了……

于是，苏叶又试着掀了第三下，这一次，她的眼睛终于睁开了一条小小的缝隙。

有微弱的光从那缝隙中透过来，她的世界终于不再是一片黑暗……

她看到了浮动在空气中的尘埃，看到了沾满露珠的蛛网，看到了顾清让那纤长得不可思议的睫翼。

似是察觉到了苏叶的苏醒，顾清让那本还微微垂着的眼睫顿时一颤。

此时，苏叶究竟与顾清让挨得多近呢？近到他们俩的鼻尖几乎都要碰到一起，近到苏叶甚至能感受到他鼻腔中呼出的热气。

苏叶下意识地伸手将他往后推，可也就是这么一推，她方才发觉此时此刻的自己竟无一丝力气。

不知自己何时变得这么弱的苏叶只得讪讪地收回手，像个濒死之人般气若游丝地问他："你怎么在这里？"

他声音里依旧辨不出情绪，只是一如既往的温柔："我见你一直没出去，便跟着进来了。"

苏叶有些惊讶："所以，我们现在依旧是在太虚秘境中？"

他微微颔首："唔。"

听完这话，苏叶心中思绪万千，最后仍是没忍住问了句："你不是一直都怀疑我是魔宗之人吗？既然如此，又为何要进来救我？"

苏叶刻意将话挑明了讲，就是想看他究竟有何反应。

岂知他神色依旧不变，甚至还有些嬉皮笑脸："我这不是仍处于怀疑阶段嘛，总不能见死不救的。"

苏叶不知他这番话中究竟有几分是假几分是真，她只知此时的自己受了很重的伤，重到几乎无法直立行走，若无他照顾，她定然得葬身在此处。

苏叶对他自然有感激之情，可不知为何，瞅着顾清让这副笑弯了眼的模样，始终无法从唇齿间挤出"多谢"两个字。

苏叶盯了他许久，他亦像个傻子似的呆呆望着她。

都说太虚秘境的出入口一旦关闭，境内的世界就将永无白日，黑夜永恒，直至下次秘境的出入口开启。

132

苏叶也不知自己昏迷了多久，只知打她一睁开眼，这境内的世界便已是黑夜。

苏叶不知顾清让究竟要与自己瞪多久的眼，不远处的那堆篝火在风中飘摇，不停地发出"噼啪"的声响。

苏叶眨了眨眼睛，扭转脖子，换了个姿势与他重新对视。

他这傻子则像是终于醒悟过来了，很是苦恼地望着苏叶："我该如何带你走呢？你大抵已经走不动了吧？"

这根本就是废话，苏叶浑身上下起码得有二十来个血淋淋的窟窿，他虽已全部替她包扎好，她却仍痛到脖子以下都无任何知觉。

苏叶心中白眼早已翻破天际，面上却依旧平静："或扛，或背，或抱，任你挑选。"

苏叶一姑娘家都不介意，他却在这时候矫情了起来，摇头似拨浪鼓："不行，不行，师父从小就教导我，男女授受不亲，我若是背你了或者抱了你，岂不还得对你负责？"

"……"这都什么时候了呀，她都不介意，他还介意个什么劲儿？

苏叶简直想一巴掌扇死这傻子，可她素来习惯了冷着脸见人，故而即便是真被他给惹怒了，面上也依旧没多少表情，只冷冷地从牙缝里挤出一句话："那你师父就没教过你，看过姑娘家洗澡也是要负责的吗？"

苏叶也不明白，他究竟是真不知还是假不知，总之，听完她这话以后，他便整个人都不好了，先是傻愣愣地瞪大了眼，然后神色复杂地望了她一眼，随后又单手托着腮，像是在认真思考着什么人生大事。

"……"

饶是苏叶情绪起伏再小，也着实忍不了这么个傻子，却又懒得再与他说话，只能在心中一遍又一遍地默默念叨着："没错了，这人一定是个傻子！"

苏叶才在心中将这话默念了两遍，便忽觉整个人一轻。

居然还真被他抱了起来？

这下终于轮到苏叶震惊了。

苏叶试着仰头去看他的表情，他却竭尽所能地撇开了脑袋，侧着脸避开她的视线。

　　任凭苏叶如何努力将脖子扬起来，都无法看清他的表情，只隐隐看到他那涨红了的侧脸。

　　苏叶不会呆到连脸红是什么都不懂，可她仍不明白，顾清让突然脸红个什么劲？她甚至都想直接开口去问，可这个念头才从脑中冒出便被打断了，只因她突然看到一道带着强烈腥臭味的黑影疾风般朝她与顾清让所在的方向冲来。

　　她既能发现，顾清让又岂会发现不了，只听他轻声道了句："明明都将附近清理干净了呀，怎还有这么多魑魅魍魉？"

　　都说太虚秘境的出入口一旦关闭，其内必会滋生数不尽的魑魅魍魉啃食仍留在境内的活人，苏叶这次也算是长见识了。

　　顾清让话音才落，便有一股特别的灵气自他体内溢出，那四面八方涌来的魑魅魍魉便如面粉一般被击打溃散。

　　苏叶看得心惊胆战，顾清让的实力可见一斑，换作她，定然得花上许多工夫与那些东西缠斗，方才能脱身。

　　魑魅魍魉被击退，顾清让继续抱着苏叶往前走。

　　苏叶这次再也憋不住，不禁开口问了句："我们去哪里？"

　　"去个安全的地方让你歇歇。"顾清让如是道。

没有白日的太虚秘境内很暗，暗到苏叶几乎都要看不清前方的路。

这里的夜很静，是那种没有一丁点声音，仿佛周遭没一样活物的静，而顾清让的脚步声又格外轻，只有偶尔踩过枯枝烂叶才会发出一丁点声响。

顾清让的怀抱很暖，完全不同于苏木的。

从前被苏木抱着的时候，他还是个小小少年，少年人的胸膛总归不够结实，加之他又极爱漂亮，从来不肯多吃，生怕会长胖，所以他的怀抱虽暖，却有些硌人，被他抱着其实并不舒服。

而顾清让呢，他看似瘦削，胸膛却比想象中柔软，被他这样轻轻地抱着，一晃一晃地向前走，苏叶只觉自己的眼皮有些沉沉的，困意袭了上来，瞬间席卷全身。

苏叶再次醒来是在一个山洞里。

篝火在洞中忘情地跳跃，暖橘色的光打在顾清让白皙的脸上，无端给他增添了一分小女儿般的娇羞。

苏叶还以为自己睡蒙了，从而产生了错觉，然而当她睁大了眼，再度盯着顾清让看的时候方才发觉，不是她眼花也不是篝火映照的效果，而是这厮真在娇羞啊！

　　顾清让被苏叶这么一盯着，面颊的绯红一路染至脖子根不说，甚至都不敢与她对视，在她目光扫来之际，连忙垂下了那长长的眼睫来躲避她的目光。

　　苏叶简直被他这一举动给惹出了一身的鸡皮疙瘩，她才欲开口去询问，顾清让便说出了一句令她想吐血的话："你我若能活着从这里走出去，我定然会想办法对你负责。"

　　"咳咳咳……"猝不及防间听到这话的苏叶险些被自己的口水呛死，淡定如她也没法再淡定下去了，她把头摇得似那拨浪鼓，诚惶诚恐地说，"不！不！不！我不需要你负责，我是魔宗之人，仙、魔势不两立，你可别对我负责！"

　　一直死缠烂打用尽各种方式"逼问"苏叶都没问出个所以然来的顾清让顿时就乐了，他从未想过，苏叶竟这么轻易就承认了自己是修魔者的身份。早知如此，他该早些与她说这番话才对。

　　然而，现在的重点却不是这个。

　　他微微笑着对苏叶道："我知道。"

知道你个棒槌！

苏叶简直一脸蒙，全然想不到他这又是闹的哪出。

顾清让却又开启了话痨模式："实不相瞒，在你睡着的时候，我独自思考了很久。每个人都是要成亲的，不论是修仙者还是修魔者都避免不了，我觉得修仙者与修魔者结合在一起也没什么大不了的……"

也就苏叶是个不正常的，换个正常人来听顾清让这番话，怕是得惊得下巴都落到地上。

然而，苏叶的关注点却不是这个，着实受不了顾清让再啰唆的她强行打断了他的话，冷冰冰地道："哦。可我这个修魔者嫌弃你们这些修仙者，我坚决不同意，你就死了这条心吧！"

顾清让一脸委屈，眼巴巴地瞅着苏叶。

苏叶却不为所动，依旧是那副冷若冰霜的模样，甚至还满脸嫌弃地将头撇了过去，强行避开顾清让的目光。

接下来的时间，苏叶都不打算再去搭理顾清让。

她身上的伤好得还算快，只是身子骨依旧虚弱。顾清让一边替苏叶疗伤，一边又要提防着随处可见的魑魅魍魉，况且他与苏叶两个大活人每日都需进食来保持体力，而如今的太虚秘境内食物匮乏到令人发指，顾清让常常需要去很远的地方觅食打猎，所幸他找的这个山洞还算隐蔽，从未被山崖下飘荡的魑魅魍魉寻到。

成为半个废人的苏叶只能像块望夫石似的杵在洞中盼顾清让觅食回来。

今日一如往日那般，被顾清让封了结界的山洞口传来一阵细微的波动，苏叶顿时抬起了头，以为顾清让回来了，却不想闯入她眼帘的是密密麻麻挤成一片的魑魅魍魉。

苏叶从未如此害怕过，以她而今的实力单挑四五个倒不是问题，可眼前分明就有成百上千个啊！

在那团黑影拥来之际，苏叶浑身汗毛几乎都竖起来，她不想坐以待毙，被这么一群恶心的东西啃食殆尽，可才将隐灵祭出，那群即将扑来的魑魅魍魉却停在了一米开外，出人意料地伏跪在她身前。

她脑子里那根弦依旧紧绷着，却不及先前那般恐惧。她甚至都未弄清眼前的状况，顾清让便突然回来了，结界外先是传来一阵灵气波动，紧接着，她便见浓墨一般堆在眼前的魑魅魍魉被自洞外传来的灵气波动震碎，化作灰尘散开在她眼前。

一袭白衣、红着眼的顾清让闯了进来，他就如一抹穿过尘埃的新雪般，落在苏叶身前。

这一切发生得太快，苏叶即便是想阻止都没机会。

她本想张嘴说些什么，嘴唇却一直在轻颤，话都被堵在了喉咙口，默了默，她终究还是选择放弃。

那一日，苏叶依旧什么都没说，尚被蒙在鼓里的顾清让加强了洞口的结界。

可那日所发生之事着实太过诡异，苏叶始终无法释怀。

待在山洞中的时间枯燥而漫长，顾清让在的时候倒还好一些，他不在之时苏叶简直无聊到要长毛。

从前的日子明明也是这么枯燥，她为何却从不觉无聊？

这个问题，苏叶无法给自己答案。

日子一天天地过去，待到她身上的伤愈合得差不多，顾清让恰好又外出觅食打猎的时候，苏叶试着走出了山洞。

山洞外依旧是一片看不到尽头的黑暗，偶有几只魑魅魍魉在外飘荡。

　　立在原地不动的她本以为那些玩意儿发现了她便会不顾一切地扑上来，结果却十分出人意料，那些魑魅魍魉非但没有攻击她，反倒像是怕扰到她一般默默退散了。

　　苏叶越发迷茫，明明她亲眼见过那群玩意儿是如何不要命地往顾清让身上扑，即便被他身上的灵气冲得缺胳膊断尾都仍像疯了一般地拥来。

　　在她陷入沉思之际，顾清让突然回来了。

　　他仍穿着一袭白衣，在一片漆黑的世界里显得格外扎眼，只是这一次他手上未拿任何东西，尚未开口与苏叶说话，眼睛便已笑得眯了起来："叶儿，快跟我走！"

　　苏叶还蒙着，却已被顾清让扣住手腕，不由分说地一路狂奔。

　　直至狂奔的顾清让停下步伐，抵达此番的目的地，苏叶方才知晓顾清让究竟要做什么。

　　这处与境中其他漆黑一片的地方不同，明显有光透进来，那光虽称得上是微弱，却也仍能照亮脚下的路。

　　苏叶觉着奇怪，下意识地抬头去望天，却见头顶仍是一片漆黑。

　　既然如此，那这光亮就定然不是从天上照下来的。苏叶犹自纳闷着，顾清让却神秘兮兮地对她一笑，手指向长满苔藓的某个山坡上："你再看看那里。"

　　苏叶的目光顺着顾清让所指之地望去。

　　那是一处普通到不能再普通的小山坡，乍一望去，除却觉着苔藓生得有些厚再无别的感想，可若盯着那处再仔细看上一看，便会发觉那里的苔藓仿佛会发光一样。

　　苏叶心中顿时有了答案，她撤头望向顾清让。

　　顾清让但笑不语，只微微朝她颔首，不待她开口说话，他便握住了苏叶的手拽住她直往那山坡上撞。

　　寻常人这般撞上去怕是要把脑瓜子都给撞破，而顾清让却在撞击的时候让灵气覆满自己与苏叶全身。

　　苏叶能感受到自己与顾清让撞击山坡时的那股力，身上却无任何疼痛感，紧接着她又觉眼前倏地一亮，突然出现的强光使她一时间睁不开眼。

　　不同于太虚秘境中那股子带着陈腐之气的味道，苏叶纵然还没能适应这突如其来的强光睁开眼睛，却已率先吸到混合着草木花香的新鲜空气，耳畔是轻轻拂过面颊的风声、悠扬轻啼的鸟鸣。

当她完全适应强光、睁开双眼的时候，苏叶方才发觉自己与顾清让正手牵手站在一片鲜红的扶桑花海里。

他们从太虚秘境中出来了？

苏叶疑惑地看向顾清让，顾清让点了点头，弯着眼朝她笑。

苏叶连忙甩开了他的手，他却也不恼，只道："接下来有什么打算？"

打算？

这种东西苏叶就从未有过，她的任务尚未完成，除了回太阿门并无第二个选择。

她默了默，低头盯着自己的鞋尖。她这一路跑来踩碎了不少花，原本洁白的鞋面也染上了几分艳红，甚至还有几只粉蝶正围在她脚边转。

"去太阿门。"她的声音一如既往的平静，并无任何多余的情感。

不知为何，顾清让却从她身上看出了一丝落寂。

有些话本不该由他去问，他却禁不住将那话说出了口："你……都在太阿门待了整整半年了，真不需要回去？"

他说的回去，自然是指回魔宗。

若苏叶真想回去，他也不是不能在这时候选择放手……

都说无人能逃出关闭了出入口的太虚秘境，以苏叶如今所呈现出的实力，即便与外人说她已丧生在境内都无人会怀疑。

苏叶毫不迟疑地点了点头："任务尚未完成，我回不去。"

事已至此，苏叶与顾清让堪称共患难过的生死之交了，况且打一开始顾清让便知道苏叶是带着目的来太阿门的，她无须再说谎去掩耳盗铃。

二、一种名为难堪的东西密密麻麻地爬满她的身体，那些不断在她体内发酵壮大的负面情绪统统叫嚣着要爆发出来。

顾清让与苏叶的回归无疑在整个修仙界掀起了巨大的风浪。

只不过苏叶一回去便"藏"在了无妄崖底，对外界的风起云涌并不知情。

有了在太虚秘境内那些日子的朝夕相处，苏叶终于不再如从前那般抵触顾清让。

至于顾清让，他亦不再似从前那般有事没事追着苏叶问"你究竟是不是魔宗之人"，毕竟苏叶已亲口说出答案。

然而，令苏叶真正感到窒息的是，自打他们从太虚秘境出来以后，顾清让每日见了她的第一句话便是："真不要我对你负责？"

苏叶压根儿就懒得搭理他。

可除了每日不嫌烦地问上这么一句，顾清让倒也没做出任何出格的事。

两人的相处方式一如从前，宛如一对真正的师兄妹。

这样的日子似乎也不错。苏叶有时候甚至会冒出这样的念头，觉得日子一直就这样过下去似乎也不错。

奈何天不遂人愿，现实给苏叶狠狠甩了一巴掌。

太阿门开始不停有人离奇死亡，除非苏叶一直窝在无妄崖底，否则不论她去何处，都立马会有人丧命。

起先死的是梨花白小院里那个名唤何盼的、曾照料过苏叶的杂役弟子，紧接着死亡就像瘟疫一般蔓延开，不论苏叶去了何处，下一刻就会有人死去。

一两次可以说是意外，可接二连三地发生意外，就有些匪夷
所思了。

随着死掉的杂役弟子的增多，就连白芷都发现了这个规
律——不论苏叶去了何处，下一刻就会有人死去。

太阿门又开始不太平。

苏叶从鬼门关走了一趟，这个经历本就已被传得神乎其神，
再加上不断发生的离奇死亡事件，她就被某些弟子认定是被恶鬼
附了体。

白芷自然是不会信这一套的，只是那些杂役弟子的死相未免
太过骇人，不是七孔流血地漂在铺满花瓣的浴池里，便是肠穿肚
烂地立在了某个角落里，身上还开满了艳丽的花。

苏叶比谁都清楚，这种诡异至极的杀人方式正是出自苏木的
手笔，同时，她也明白，此刻的苏木定然躲在了哪个她所不知道
的角落里看着她，以这种方式来对她进行告诫。

苏叶从未如此害怕，这种情绪是她以前从不可能会有的。

正因为从前的她不曾拥有一切，便也不曾畏惧一切，因为她
没什么可失去的，而今却不一样，她好像喜欢上了这里的平静，

这种不必在刀尖上舔血的日子一旦习惯了，她便再也不想回去。

恐惧如潮水一般涌来，一点一点地侵蚀苏叶的身体。

她又开始整晚整晚地睡不着。

苏木已经停止杀人，却仍未给她传达任何讯息。

等待中的每一刻都是煎熬，苏叶再也承受不住这种压力，不管不顾地唤来那只能口吐人言的夜鸦。

是夜，晚风又起，吹散了山间刚升腾而起的雾气。夜鸦的扇翅声划破了夜的宁静，不过须臾，它便穿透夜色而来，落在苏叶单薄的肩头上。

抓起苏叶那封信的时候，夜鸦浑身都透露出一股名为"为难"的情绪，它那双猩红的眼盯着苏叶看了好一会儿，才吞吞吐吐地说："小的就实话实说了，您这封信，少主可不一定会看。"

即便那夜鸦不多嘴提醒，苏叶自己心里也明白，哪怕她送去再多的信，苏木也都不一定会看。

正如夜鸦所说，苏木果然没回信。

苏叶不死心，又接连送去了几封信，那些信却都如同石沉大海一般，没有音讯。

苏叶越来越不明白苏木想做什么。

他那人素来都给苏叶一种深不可测的感觉，纵然与他相识这么多年，她却从未看透过他。

而今，她能做的也仅仅只有等。

变故发生在七日以后。

七日后恰逢三月三，正是剑气宗每年来与太阿门进行"交流"的日子。

这所谓的"交流"，说白了就是两家弟子的比试。

两大门派的比武自然不是什么人都能上去插一脚的，太阿门会从每一届的精英弟子中挑选出十位弟子来与剑气宗的十位弟子进行比试。正因只需挑选十位弟子，"废材"苏叶便这样逃过了一劫。

两派的数十对精英弟子比试完之后，便由两派的首席弟子来压轴比试。

苏叶是魔宗之人，修仙门派弟子之间的切磋与她半毛钱关系都没有，她自是懒得出去看，直至轮到白芷上场，她方才提起了精神，准备看一看。

她不看倒还好，一看真真是不得了。

打完瞌睡的她一睁开眼，映入她眼帘的便是苏木那张脸。

此时，她恰好歪倚在树杈上，苏木便这般不动声色地站在了这株老树前。

他高大挺拔，加之苏叶此时所倚的那树杈也并不算高，以至于她睁开眼的一瞬间便对上了苏木的脸。

这突如其来的惊吓使苏叶整个人都呆住了，本欲伸懒腰跳下树的她便这般僵在了原地，两眼发直地望着苏木。

这么久过去了，苏木依旧没怎么变，除却轮廓比少年时期稍硬朗更像个男儿以外，一切都没变。

他这个人早就黑透了心肝，却生了一副十分具有欺骗性的好皮囊，别的不说，光是他那双水光潋滟、似笑非笑的含情目，就不知能骗到多少无知的小姑娘。

苏叶从未想过苏木会在这种时候出现，甚至某一瞬间，她都怀疑自己是不是正在做某一场噩梦。

苏木何许人也，说是苏叶肚子里的蛔虫都不为过，别说苏叶此时正一脸痴呆地望着他，哪怕他就是只看到苏叶一根头发丝都能猜到她心中在想什么。

于是，他当即便出声嘲讽了苏叶："啧，小叶叶啊小叶叶，你还真是一如既往地呆。"语罢，他那只不安分的"爪子"便搭上了苏叶的脸。

苏叶都还没缓过神来呢，苏木那只修长的手便已捏住了她脸上的肉肉。他的力道并不轻，目的就是为了让苏叶赶紧清醒。不过须臾，苏叶那肉肉的脸颊上便起了一道红印，一直处于放空状态两眼呆滞的苏叶也终于清醒，眼睛里十分清晰地浮现出了一丝恐惧。

苏木将苏叶的眼神变化尽收眼底，他不禁又眯了眯眼睛："你可真是伤透了我的心啊，小叶叶。我们这些年不见，再见面你非但不开心反倒怕了起来，嗯？我有这么可怕？"说最后一句话的时候，他的尾音微微上扬，满是道不尽的妖娆。

苏叶却被那一声"嗯"激起了一身鸡皮疙瘩。

在苏木面前她总是这般无所遁形，宛若透明，莫说她根本不屑去装，即便是装了，也能轻轻松松被苏木所看透。

既然如此，她便索性什么都不说，等待苏木开口。

150

果不其然，苏木心知自己在苏叶这儿套不到任何话，便也不再继续调侃她，直奔主题道："明日顾清让将与剑气宗首席弟子一战，你把这个给他吃下去。"语罢，便有一枚漆黑的药丸躺在他掌心。

苏叶有些迟疑，迟迟未接那枚丹药。

苏木却已挑起了眉："怎么？舍不得？"

苏叶仍未接过丹药，而是冷着眼反问了一句："这是什么？"

苏木嘴角泛起了一丝冷笑："你倒是出息了，看来那太阿门的首席弟子可不一般啊。"

苏叶不知苏木这话究竟是什么意思，可她非把这事弄清楚不可，当即又道："顾清让的身份非比寻常，你若是直接命我投毒，我这条命怕是也得直接交待在这儿了。"

"你大可放心，这不是毒药，只是普通的散灵丸罢了。他吃了这个不会有事，顶多就是浑身灵气堵塞无法调动罢了。"

苏叶又问："那你的目的是什么？为什么平白无故让我给顾清让吃这个？剑气宗与你又有何关联？还有上一次我为何会在太虚秘境外看到你，秘境内我遭人突袭可是你的手笔？"

　　这还是苏木头一次听苏叶一口气说这么多话，一时间，他竟有些小惊喜。苏叶在他面前那叫一个惜字如金，纵然是拿木棍去敲都憋不出半个字的那种。

　　惊喜归惊喜，该解释的他会与苏叶解释，不该说给苏叶听的，他自然也一个字都不会多说："你只管执行任务便可，别的无须多问。至于你说的太虚秘境内所发生的事都与我无关，突袭你的那伙人，我与宗主已调查清楚，正是上一次被你所剿的那伙叛党的余孽。"

　　苏木既都已这么说了，苏叶便知自己再也问不出什么了。

　　至于那枚散灵丸，苏叶自然也得收下。

　　她清楚自己的身份是什么，同时也相信苏木不会在这种事上欺骗她。

　　因为苏木的搅和，苏叶自然错过了白芷的比赛。

　　所幸白芷实力强悍，一上场便赢了个大满贯。

　　接下来的比赛，苏叶已无心去看，她满场都在寻剑气宗的那名首席弟子，却又远远看到了苏木与顾清让并肩走在一起。

　　一个不好的念头瞬间涌上心头，苏木莫不是以剑气宗首席弟子的身份来的？否则剑气宗与太阿门之间的比斗他去掺和什么？

这个念头才打心中冒出，远处与苏木相谈甚欢的顾清让便朝苏叶招了招手，示意她过去。

苏叶颇有些心急地走了过去，果不其然，下一刻顾清让便开始介绍道："这位是贺敛之，乃剑气宗首席弟子。"

苏木望向苏叶的眼神颇有些玩味，苏叶却不想再面对苏木，于是匆匆告辞。

顾清让乐得朗声大笑，对苏木道："贺兄莫见怪，我这师妹胆子小，怕生得很。"

"不碍事，不碍事，小姑娘天真烂漫得很。"望着苏叶逐渐远去的背影，苏木的笑容逐渐模糊了，取而代之的是一丝玩味。

苏木这人看似轻浮，实则是个城府极深之人，他来太阿门可不仅仅是为了震慑苏叶。

苏叶固然重要，可还远远不到要他亲自出场的程度。

他来此处自是有着别的目的，顺带吓一吓许久不见的苏叶。

数月前他人仍在北方极寒之地，却意外得到一件宝物，因为有了这件宝物，他才会提前回到魔宗总舵。

　　这宝物名唤"千面"，看起来只是一张薄薄的人皮面具，戴上却可千变万化。更妙的是，戴上这"千面"以后，甚至可用意念去操控能让谁看到你真正的面容。这也就是为何他堂堂魔宗少主上了太阿门却无一人认出，只有苏叶知道他是谁。

　　贺敛之虽是剑气宗首席弟子，可比起顾清让来说简直就是个无足轻重的路人甲，早在剑气宗的人来太阿门之前，苏木便已暗中杀了贺敛之取而代之。

　　他的目的是要借贺敛之的身份重伤顾清让，先使两派心生芥蒂，到剑气宗的人下太阿山的时候放出贺敛之已死的消息，再做些手脚来嫁祸给太阿门之人。如此一来，本就暗中较量千百年的两大修仙门派必然会起内讧，然后他便会不断加深两派矛盾，从而搅乱整个修仙界。

　　苏叶并不知苏木的目的，却始终觉得心中慌慌的。

　　顾清让平日里从不在外多作逗留，今日却因他太阿门首席弟子的身份不得不在外应酬。

　　苏叶一回到无妄崖底便开始忧心忡忡地盯着那枚黑漆漆的丹药。

纵然她知晓苏木的心思，太阿门与剑气宗的事也轮不到她一个魔宗之人来操心，她唯一担心的是顾清让，不知这一枚药丸入腹，究竟会给他带来多大的伤害？

这大抵是苏叶长这么大以来头一次因自己是魔宗之人的身份而感到难过。

她不得不完成苏木所交代的任务，却又不想伤害顾清让，着实左右为难。

顾清让今夜回来得格外晚，苏叶在他房门口等了足足两个时辰，方才将他等来。

无妄崖底的雾气很重，每逢深夜，屋外的雾气便浓得直叫人看不清眼前的东西。

苏叶手捧一碗甜汤，等着等着便睡着了。

当她再次醒来的时候，人已经躺在了顾清让卧房的床上。她一个鲤鱼打挺，连忙从床上蹦了起来，四处张望着去寻找那碗甜汤。

顾清让的轻笑声适时传了过来，他指了指被放置在桌上的汤碗："你可是在找这个？"

苏叶听罢连忙点头。

顾清让又弯着眼睛问："是给我喝的？"

苏叶一愣，复又点头，顾清让这才又笑着问道："可是你亲手熬的？"

"不是。"苏叶如实道，"是我差那些纸片小人给熬的。"

"唔，那也没关系，至少是你亲手端来的。"顾清让话音才落，便仰头将那碗甜汤一口饮下，速度之快简直令苏叶咋舌，她甚至都没来得及阻止，那碗甜汤便已见了底。

顾清让继续调侃苏叶："喝完啦，不愧是师妹亲手端来的，味道就是不一样。"

苏叶已不知自己还能说些什么，两股复杂的情绪在她心中不停地搅和，她那原本空荡荡的胸腔像是突然被填得满满当当，一股无言的压抑感霎时自胸腔里喷涌而出，充斥了她的四肢百骸，只觉自己浑身发冷无力。

苏叶突然不知该如何去面对如此信任她的顾清让，一种名为难堪的东西密密麻麻地爬满她的身体，那些不断在她体内发酵壮大的负面情绪统统叫嚣着要爆发出来。

她觉得自己再也无法面对顾清让，明明顾清让还有话想要与她说，她却匆匆忙忙从床上爬了起来，趿着鞋一溜烟打顾清让房里冲了出去，这架势仿佛顾清让房间里有会吃人的老虎似的。

顾清让看得直失笑摇头，待到苏叶那小小的背影彻底融入夜色，他才依依不舍地收回目光，合上了门，转而望向那已然被他喝空了的碗，神色颇有些复杂。

三、她也不知该为自己长得像条狗而悲，还是该为自己长得像条狗而喜，总之，苏叶是真为难了。

山谷里的夜很凉，苏叶只着单薄的衣裙在雾气中奔跑难免会有些冷。

这星星点点的凉意汇聚而来，一点点驱散她的困意。

回到自个儿屋里时，她外衫几乎全被雾水给沾湿，纵然如此，她也不管不顾，直接和衣躺在了床上。

她全部的困意都已散尽，这一整夜她都未睡着，躺在床上翻来覆去地想，她这样做究竟是对是错？

她这样的人天生少根筋，从来不懂情爱为何物，而今能困住她、且使她辗转难眠的，便也只有那一点愧疚之意。

　　她自幼在魔宗长大，除却苏木与宗主苏释天再也没与别的人相处过。

　　不论是苏木，还是苏释天，对她都不薄，纵然不曾让她体验过被人捧在手心的滋味，却也几乎是有求必应，但是，他们只是在培养她。

　　顾清让不同，他是唯一一个不抱有任何目的对她好的人，有时候她甚至会怀疑他这人是不是有些傻？若不是因为他傻，又怎会做到这种地步？

　　翌日清晨，天刚亮，顾清让便着一袭白衣站在了苏叶房门口等待着。

　　苏叶推开门的时候有一瞬间的迷茫，旋即又从心中生出一个念想，也不知那药可生效了？

　　苏叶不曾从顾清让脸上看出一丝异样，也正因此，她盯着顾清让的目光便越发肆无忌惮。

　　她的目光着实太过炽烈，纵然是顾清让都有些受不住，只得朝她报以一笑："叶儿师妹，有话但说无妨。"

这时，苏叶才发现不妥，连忙心虚地低下了头，讷讷道："没什么，什么都没有。"话音才落，她便落荒而逃，徒留顾清让一人一脸茫然地杵在原地。

顾清让与苏木的切磋安排在下午，整个下午便也只有那一场比试。

苏叶昨晚整整一夜都没睡，待到了演武场上困意才席卷上来，她寻了个舒服的地方靠坐着，一整个上午都在补眠。

待到她醒来的时候，原本坐在她身边的人早就都不见了，她身上被人盖了一件雪白的大氅，一看那颜色和款式，便知是顾清让的。

盯着这件被披盖在自己身上的大氅，苏叶一时间又有些感慨。

感慨过后，她不禁又是一愣——也不知现在是何时了，最后一场压轴赛开始了没?

思及此，苏叶连忙掀开大氅，从椅子上站了起来，想去寻找顾清让。

她才走了不到十步，前方便传来一阵震耳欲聋的嘈杂之音。

有人在欢呼，亦有人在叫骂，太多不同的声音夹杂在一起，直听得人脑仁发疼。

苏叶知道定然是比赛开始了，她连忙加快了步伐朝演武场所在的方向跑去。

待她走到演武场上时她方才发觉顾清让与苏木的切磋早就开始了，而今正比到最激烈的时候。

高台之上，苏木一袭青衣手握长剑，竟也散发出了剑修的凛冽之气，至于顾清让，他则依旧着一袭白衣，宛若一抹飘浮在红尘浊世间的雪，他看上去和往日里没什么不一样，苏叶却是一下子便瞧出了区别，他身上没有了那股子压得人喘不过气的威压。

她不知，这是否因为他体内的灵气被堵塞所造成的。

苏叶心里有些发毛，胸口莫名堵得慌，偏生这时候顾清让目光瞥来，在她身上淡淡扫了一眼。

今日台下围观之人何其多，她不明白他怎就能一眼便从人群中找到自己。此时此刻，她只觉自己已无所遁形，像是被顾清让一眼就看透了一切。

她想躲藏，想避开这一战，来个眼不见为净，落在地上的脚却像是扎了根，不论她如何在心中告诉自己"快离开这里"，都始终无法迈动一步。

短暂的停顿以后，台上两人再度缠斗在了一起。

苏木从前用惯了他那柄折扇，而今却是顶着贺敛之的脸去用剑，所以始终舞不出那种行云流水般的感觉，可纵然如此，这样的他与完全无灵力支撑的顾清让比试也完全够了。

整场比试都是苏木提剑在攻，顾清让敛袖在逃。

而苏木这臭不要脸的，在明知顾清让体内灵气堵塞的情况下还要开口去刺激他："顾兄可是瞧不起贺某？为何从始至终都不曾结印？"

他一语落下，比前一刻更为凌厉的剑气便毫不滞留地朝顾清让面门攻去。

一击接一击，看得苏叶心惊胆战。

顾清让显然有些力不从心，那张令人惊叹的面容上满是焦虑。

台下观看的人早已闹翻了天。

有人在喊："修仙界所谓两百年才出一个的经世奇才也不过如此。"

有人在骂："大师兄你在做什么？可千万不能输给那剑气宗

的小白脸啊！"

还有人似看出了顾清让的不对劲之处："不对，你们别吵了，难道就没发现大师兄从始至终都未引出灵气？"

此言一出，台下顿时又炸开了锅。

台上与顾清让比试的"贺敛之"，嘴角噙起一丝冷笑。

顾清让无法引出灵气，从头到尾都在躲避；"贺敛之"却招招致命，不给顾清让一丝喘息的余地。不到半盏茶的工夫，顾清让那袭雪白的衣便绽出朵朵殷红的血色梅花。

苏叶看得心惊胆战，连眉头都揪在了一起。

白芷不知打哪儿钻了出来，拍了拍苏叶的肩，一脸担忧地道："苏苏，大师兄他究竟是怎么了？"

这问题，苏叶没法答。

随着时间的推移，苏木的招式越发凌厉，若说他起先只不过是要戏法般地逗顾清让玩，那么从现在开始，他可是准备动真格了，苏叶甚至都能感受到从他身上散发出的浓浓杀意。

苏叶被吓得小脸刷白，心突突直跳，几乎就要冲出胸腔。

眼看苏木那一剑就要落下来，而顾清让的动作又明显变慢，苏叶只觉脑子里那根一直紧绷着的弦被人"砰"的一声拨断了。

现在的她脑子里一片空白，她已经什么都顾不上了，只想着顾清让一定不能有事。

心未动，身子已然先一步替她做好抉择。待她清醒过来，意识到自己做了什么事的时候，人已经落到了演武台上，替顾清让挡住了那致命一击。

大抵是从未料到苏叶会来这么一出，苏木只得于千钧一发之际收回那一剑。

他这一剑本使出了十成力，苏叶这么一扑，他便生生卸去了八成力，最后仍有两成落在了苏叶身上。

被剑气所伤的刹那，苏叶"哇"的一声吐出大口鲜血，她虽受了些伤，伤得却并不算太重。

而此时的苏木显然已经动了怒，他眼中杀气滔天，偏生还在抿着嘴笑。

"好！好！好！"气到已经说不出别的话的他咬牙连道三声好，却也并无下一步动作，不过意味深长地剜了苏叶一眼，便提着剑跳下了演武台。

　　这大概是苏叶第二次看到顾清让露出这般急切的神色来，上一次还是在太虚秘境内，她受重伤无法动弹被一群魑魅魍魉围攻的时候……

　　苏叶的伤不过是看着严重，其实也就是多吐了些血罢了。

　　起先的时候顾清让是真紧张得不得了，随后瞧苏叶并无大碍，方才舒展开了那紧皱着的眉头，甚至还像个傻子似的弯着眼朝苏叶笑。

　　苏叶不知顾清让为何突然笑得这么傻，可一看到他笑，她便也只觉心头一暖，连带被他紧紧抱着而按疼了的伤口也仿佛不那么疼了。她的目光与顾清让紧紧胶着，万般无奈地道了声："你别是个傻子吧。"

　　顾清让仍在笑，可不知为何，他本有些清冽的声音里带着些许撒娇的意味："我才不傻呢。"

　　一场压轴赛便以这种方式收了场。

　　苏叶与顾清让俱被抬回了无妄崖休养。

顾清让那常年神隐的师尊突然出现，将顾清让与苏叶骂了一通，又突然失踪了，真是来无影去无踪。

待到所有来探病的人都散去的时候已经入了夜，偌大的房间里面只剩苏叶与顾清让两人。

苏叶伤得很轻，只是简单地上药包扎了下便已无碍，倒是顾清让伤得还比较重，不得不躺在床上。

今夜格外静，静到连晚风拂过竹叶的声音都清晰可闻。

苏叶坐在床畔盯着顾清让看了许久许久，方才道："药是我下的，下在了那碗甜汤里。"

顾清让却丝毫不感到意外："我知道，在我喝下那碗甜汤之前就已经知道了。"

苏叶听完这话眼睛一阵发涩："那你知道了又为何还要喝？"

"我若不喝，你岂不是又完不成任务了？你在这儿待了这么久却一个任务都没完成，次次都被我破坏了。"

苏叶听罢久久都未说话，只觉胸口闷闷的，眼睛也是越发酸涩。

她沉默了半晌，方才勉强挤出三个字："你真傻。"

　　"傻"明明是一个用来骂人的字，落到顾清让耳朵里却像是在夸他似的，他又乐颠颠地弯起了眼睛："哎，没事儿，这么一点点皮肉伤对我来说算不了什么，很快就能恢复的。"

　　苏叶本就不会说话，被他这么一讲，越发不知该说什么了，只得点点头。

　　顾清让的话却还没说完，他又神秘兮兮地朝苏叶眨了眨眼："不过，作为补偿，你得再给我揉揉脑袋。"

　　今日的苏叶尤其好说话，别说只是让顾清让揉揉脑袋，就是顾清让说让她以身相许，她都不带犹豫的。

　　她立马就将脑袋伸过去了，却仍是有些无奈："你就这么喜欢揉我脑袋？"

　　这个问题把顾清让也给问蒙了，其实他原本是想捏苏叶的脸来着，可捏脸既然不可能，那就退而求其次揉脑袋吧。只是揉着揉着他便上了瘾，让他不禁回想起儿时的一些事。

　　思及此，顾清让便老老实实地说了："在我很小的时候曾养过一条大黄狗，那条大黄狗最喜欢被我揉脑袋了，我也最喜欢揉它的脑袋。每逢我挨了师尊的骂，伤心了、难过了，总会去揉一揉它的脑袋，再难过的事只要揉一揉便能统统都忘了；开心的时候，我也喜欢揉它的脑袋，揉着揉着就能变得更开心。"说到此处，他不禁顿了顿，望向苏叶的眼，"其实第一次见到你的时候，我就觉得你这双圆溜溜的眼和阿黄生得极像，所以我一看到你便想捏捏你的脸，揉揉你的脑袋。"

听完这番话以后，苏叶愣了很久很久，她总觉得这话听上去有些怪怪的。

她也不知该为自己长得像条狗而悲，还是该为自己长得像条狗而喜，总之，苏叶是真为难了。

就在苏叶神色复杂地被顾清让揉着脑袋的时候，窗外忽而有一道人影如鬼魅般地飘过。

看到那道人影的一瞬间，苏叶就僵住了。

顾清让发觉苏叶的身子在一瞬间绷得很紧很紧。

察觉到她整个人都有些不对劲，他连忙问道："怎么了？"

苏叶仍维持着那个动作，她愣了好一会儿才一把拍开顾清让的手，一脸不耐烦地道："你才像狗，你全家都像狗。"

话音才落，她便像箭一般地冲了出去，徒留顾清让一人躺在床上。

那道黑影不是别人，正是苏木。

苏叶才从屋里冲出，苏木便已消失不见，可她也不能就这么放弃，只得锲而不舍地跟在后面找。

第五章

◆ 他的小姑娘在一点一点长大，却再也不属于他了。

一、那时的她年幼且胆小，只知苏木的模样看上去可怕极了，却不曾看到她落荒而逃后苏木那落寂的眼神。

像是早就猜到苏叶一定会跟出来找到他一样，换回一袭紫袍的苏木正神色慵懒地倚在一株晚香玉树上。

苏叶一时间不敢上前，本欲开口问他又有何任务，就见苏木朝她勾了勾手指，示意她上前。

他既已这么做，苏叶便不得不硬着头皮靠近。

在距离苏木仍有半米距离的时候，苏叶停下了脚步。这个距离，不算离苏木太远，却又能给她一定的安全感。

而苏木却像是早就猜透了苏叶的心思，在她停下的刹那又朝她勾了勾手指，示意她继续前进。

苏叶已不似儿时那般死倔，已经懂得进退的她自然不会选择再与苏木去硬碰硬。

苏木叫她上前，她便上前，一步都不敢迟疑，可那被压在内心深处的恐惧仍使她不敢前进太多，停在了一个对她而言还算可以接受的范围内。

苏木将这一切都看在眼里，也不再紧逼。

他开口："新的任务，去暗杀太阿门刑堂长老。我对你已无太多耐心，所以，现在再给你最后一次机会。"

说到此处，他突然停顿，语气变得暧昧至极："你若完不成，后果如何该明白的吧？"

苏叶手指握成一团紧攥成拳，始终沉默不语。

此时，她与苏木之间所隔的距离尚能容一人通过。

苏木长得颇高，她从始至终都不曾抬头去看他，却能十分清楚地感觉到他离自己越来越近，紧接着她的鼻尖便已轻轻触碰到他的胸膛，她甚至还听到来自头顶上方的一声轻笑。

她满脸茫然，本欲抬头去看，却被苏木抓住手腕一把抵在墙上。

他的气息越来越近，若有似无的鼻息轻轻扫过她的面颊，微微有些瘙痒。

苏叶心跳如雷，苏木的脸越凑越近，到最后几乎是与她鼻尖碰着鼻尖。

苏叶完全无法适应这种距离，试着伸手去推苏木一把，而他的手却像是一双铁钳，将她整个人牢牢地"焊"在了墙壁上。

她无法动弹，只能眼睁睁看着他欺身压来。

苏叶脑子里一片混乱，混乱之中，她感觉到他用一只手将她原本分开的手钳制到了一起，空出的那只右手正紧紧捏着她的下巴："说起来倒还有一笔旧账未与你清算。"

说这话的时候，他那双狭长而上挑的眼又微微眯了起来，危险的气息霎时自他眼中喷薄而出："我与父亲好不容易才将你训练成一只杀戮的兽，他竟将你圈养成了一只温顺的猫，这叫我如何不生气？"

他今日的气息着实太过骇人，加之苏叶心中又有愧，越发不敢直视他的眼睛。

她竭力垂着眼睫去避开苏木的目光，他的声音却源源不断地灌入她耳朵里："小叶叶可也得明白，正邪从来都势不两立。若是你敢对顾清让动心，我也不介意冒险去杀了这所谓的修仙界第一天才人物。"

她从始至终都不敢直视他的眼睛，可仅仅是听到他的声音，她便已背脊发麻，全身冒冷汗。

她与苏木一同长大，他是怎样的性格，她最是了解不过。

苏木寸寸紧逼，目的就是为了让她表个态。

这点苏叶自己最是清楚不过，可纵然如此，她仍紧咬牙关，始终不吭一声。

一阵钝痛自下巴尖上传来一路蔓延开，苏木再次加重了力道，苏叶觉得自己的下巴几乎就要被他捏碎了，头也被他强迫着抬了起来。

任她目光如何闪躲都无用，他的眼神紧紧锁定了她，就像一张巨大的网铺天盖地地罩来，她无处可逃，只能睁大了眼去迎接他的审视。

苏叶与苏木便这般在原地僵持着。

突然，静谧的夜里传来一阵脚步声。

背靠灰墙的苏叶下意识地转动着眼珠去看来者。

一抹素白缓缓走来，他就像一抹穿过浊世红尘的雪，那样的鲜明、那样的夺目，深深映入了苏叶的眼帘。

苏叶的目光太过炽烈，纵然此时苏木的全部注意力都集中在她身上，仍能发现正在不断靠近的顾清让。

那枚药所带来的功效并未持续太久，稍作调整，顾清让那被堵住的经脉便已恢复得七七八八。

他并非偶然经过，其实是有意跟在苏叶身后来的。可他来的时间稍微有些晚了，不曾听到苏木对苏叶所说的那番话，仅仅是看到苏叶与苏木这么亲密，便有一股无名火自心中升腾而起。

他不知自己因何而怒，只知就是莫名地看苏木不顺眼。

从看到顾清让的那一刻起，苏叶的瞳孔便明显有所放大，本已放弃挣扎的她不知从哪儿蓄来了力气，再次要推开苏木。

苏木的眼神变得越发阴冷，噙在嘴角的笑亦越扩越大。他非但没松手，反倒将苏叶抓得更紧，并且慢悠悠地侧过了头，满脸挑衅地望着顾清让。

顾清让的眼如同被火灼烧到了一般，痛意自眼睛一路蔓延至脖颈而后至全身，他的牙已咬得"咯咯"作响，原本放松垂在身侧的手掌亦重重捏成了拳，其上隐隐有青筋在跳动。

将顾清让的反应统统收入眼底，苏木笑得越发嚣张跋扈，苏叶却在苏木分神的一瞬间挣脱开他的桎梏，奔向顾清让。

性子恶劣如苏木又岂会让苏叶如愿？在苏叶即将脱离他掌控范围之际，他不过是轻轻伸手一捞，苏叶便又重新被他卷入了怀里。

得意的话尚未说出口，顾清让身后又传来一阵轻微的脚步声，这一次的脚步声颇有些急促，最后一声还未落下，黑夜中便传来一道尖锐的女声："苏苏，你们在干什么？"

来者正是白芷，她本欲跑来无妄崖看苏叶与顾清让，岂知还未见着苏叶人，便见顾清让慌慌张张从茅草屋中跑了出来。她心中一动便跟在了顾清让身后，岂知，竟看到了这样的场景。

174

　　她着实有些迷茫，不明白苏叶怎么就与剑气宗的"贺敛之"扯上了关系。

　　待她缓过神来第一反应便是问出心中的疑惑，岂知苏叶张口便道："师兄、白芷救我，他不是贺敛之，他是魔宗之人！真正的贺敛之早已被他所杀！快救我！"她这一声叫得急促，甚至还混入了内息，在这黑夜中格外具有穿透力。

　　苏叶的声音就像一柄削铁如泥的绝世利刃，"噌"的一声便划破了黑夜的宁静。

　　她的声音才落下，白芷便将手放在嘴巴前卷成喇叭状，开始没命地喊："救命啊救命啊，魔宗奸人混进来啦！快来人，救命啊！"

　　顾清让对眼前这个"贺敛之"的身份明明心知肚明，却又碍着苏叶的情面不能与之正面碰撞，苏叶这么一闹，倒叫他没了束手束脚的理由。

　　顾清让虽尚未痊愈，但那被堵塞的经脉倒也疏通得七七八八，以他的实力与苏木一战倒也吃不到什么亏。

　　一股骇人的威压如潮水般自顾清让体内涌出，莫说被他针对攻击的苏木，就连站在一旁"围观"的白芷与苏叶都无辜被波及。一时间，苏叶只觉自己胸口闷得厉害，像是有一双无形的大手正在使劲挤压着她的胸腔。

慌乱之中，苏木在她手中塞入了一物，耳畔是他辨不出任何情绪、且刻意压低了的声音："此为神盾符，遇到危险便将它捏碎。"

听到这话的时候，苏叶内心复杂至极，她甚至都来不及回应，他便笑着松了手，消失在所有人面前。

出卖苏木本就使苏叶愧疚不已，偏生他还要在最后将神盾符塞入她手中。

不过短短一霎，苏木便已消失得无影无踪，就像他从来都没来过一样。

那薄薄的神盾符突然变得无比烫手，往事如潮水，一波一波地涌来，苏叶突然回想起了从前与苏木相处的种种。

他这人性子虽霸道又恶劣，却从未让她在外人面前吃过一丁点的亏。

她还记得，她第一次杀人的时候是在六岁那年。

那一年天降洪灾百姓苦不堪言，魔宗空前繁盛，也因此衍生不少有自立门户之意的教众，她的第一个任务便是去杀那并不成气候的小分舵舵主。

在此之前，她虽杀过数以万计的妖兽练手，却从未动手杀过活生生的人。

那一战，她进行得尤为艰辛，不过稍稍恍了一会儿神便被人刺穿了肩胛骨，好在最后她仍完成了宗主所布置的任务，正式成为一把合格的杀人利刃。

那件事距离现在已经过去太久，苏叶已然记不清受伤后的自己究竟在床上躺了多久，只知她一醒来便得知苏木一人血洗了那个分舵，足足一百零九人皆死于一个刚满十二岁的孩子手中，且个个都是被削断肩胛骨大量失血而死。

彼时的她尚且年幼，根本无法想象一个半大的孩子一口气杀光一百零九人得花上多长的时间，她只知自己醒来后第一眼便看到了那宛若从修罗场中爬出来的苏木，兴许是屠杀了太久又未清洁自己的身子，他身上结满了厚厚的血污。

那是她头一次对苏木感到恐惧，在此之前，苏木在她心中就只是一个生得格外精致好看的大哥哥。

当苏木浴血奋战后站在她面前的时候，苏叶甚至被吓得落荒而逃，再结合第一次杀人时的那种绝望与恐惧，她开始整夜整夜地做噩梦。

那时的她年幼且胆小，只知苏木的模样看上去可怕极了，却不曾看到她落荒而逃后苏木那落寂的眼神。

二、他看到过她牙牙学语，看到过她跌跌撞撞学走路，看到过她哭丧着脸被妖兽追得四处乱窜，看到过她第一次杀人时露出的无助神情……他的小姑娘在一点一点长大，却再也不属于他了。

苏木回到魔宗总舵已是次日凌晨。

苏释天恰好从寝殿中走出，他一眼便瞥见了风尘仆仆往自个儿这边走来的苏木。

他本欲开口询问苏木任务完成得如何，苏木却二话不说，"扑通"一声跪在了地上："孩儿办事不力，未能完成此次任务。"

"啪！"

几乎就在他话音落下的那一瞬间，苏释天的巴掌便已落在了他脸上，他那精致绝伦的左脸顿时便肿了起来，甚至还有一丝血迹顺着他嘴角蜿蜒流下。

苏释天的神色却从始至终都未变过，他神色淡漠，与苏木有着七分相似的那张俊脸上并未透露出任何情绪，就好像刚刚扇苏木巴掌的不是他本人一样。

他轻轻甩了甩方才扇苏木扇到发麻的右手，又沉声问了句："她现在如何？"

苏木连忙又道："她在太阿门表现不错，交代给她的任务皆出色完成。"

"那么，这次任务失败的原因就该落在你头上，可对？"

苏木不曾吭声，苏释天不再多说一句废话，只朝他挥了挥手，示意他自觉去刑房受罚。

"刑房"这两个字于苏叶而言就是个噩梦般的存在，苏木对此却早已麻木。

他褪去一袭绛紫色华服，赤身走向位于刑房正中央的池子。

相较于他那无与伦比的精致面容，他的身体几乎可以称之为丑陋，明明修长瘦削，上面却密密麻麻布满了无数的疤痕，或是深棕色的陈年疤痕，或是新生出肉芽的淡粉色疤痕，深深浅浅交织在一起，看得人心惊胆战。

他赤足一步一步走进那未盛一滴水的池子，直至他走到池子的最中心处，池子两侧的闸口方才被人打开。一时间，腥风阵阵，令人头皮发麻的"嘶嘶"声与蠕动声交织成一片，数以万计的蛇虫宛若潮水般涌来，不过须臾，便将整个池子灌满。

位于池子正中心的苏木已然被狂涌而来的蛇虫遮盖得只剩下脖颈与脑袋仍露在外面，他的眉头因那一阵阵难以忍受的尖锐疼痛而紧皱着，嘴角却始终噙着一丝冷笑。

苏木第一次看到苏叶是在自己六岁那年，彼时的苏叶还是个被人抱在怀里，只会张着嘴哇哇大哭的粉团子。

魔宗里所有人都怕苏木，只有粉团子苏叶格外与众不同，看着他便会"咯咯"地笑，露出两个小门牙。

再后来，粉团子苏叶长大了，胳膊和腿依旧是那么短，跑起来的模样就像一颗土豆滴溜溜地在地上滚。那时的他已有九岁，他本就长得比同龄的孩子高些，又处于疯狂抽条长个儿的年纪，不到半年的时间，便从一个手短脚短的稚童长成纤长的小小郎君。每当他出了房门站在院子里眺望远方的时候，总能看到一个小小的粉团子紧贴地面跌跌撞撞地跑来，或是张开双手睁大了水汪汪的眼睛求抱抱，或是像被人在她小胳膊上涂了糨糊似的死抱着他的大腿。

这样一个黏人的小东西偏生又长得可爱得紧，莫说将她一把推开，就是牵着她的小手都不敢使大了力气……

与其说他是与苏叶一同青梅竹马长大的，倒不如说苏叶是他看着长大的。

他看到过她牙牙学语，看到过她跌跌撞撞学走路，看到过她哭丧着脸被妖兽追得四处乱窜，看到过她第一次杀人时露出无助的神情……

他的小姑娘在一点一点长大，却再也不属于他了。

苏叶的思绪仍在飘飞。

顾清让还未来得及去与她说话，白芷便"噔噔噔"跑了过去追问："苏苏，你没事吧？有没有受伤啊？"

苏叶只微微摇了摇头。

见白芷终于住嘴了，顾清让方才上前。

可他正欲开口，苏叶便挽着白芷的胳膊走了，从头至尾都没看他一眼。

那些仍在舌尖打着转的话就这么生生被顾清让咽回了肚子里。

苏叶的躲避太过刻意,仿佛躲瘟疫一般,就这么慌慌张张地拖着白芷走了。

接下来的日子里,苏叶都明显在躲顾清让。

而顾清让这人却像是从来都不知"脸皮"和"颜面"为何物,人家小姑娘都躲他躲得这么明显了,他却只要看见了她便直往人家身上"扑",吓得苏叶足有三日不敢出门。

可苏叶这样总躲着也不是办法,再加上顾清让这厮真的太难缠了,他不分昼夜地堵在苏叶的住处门口,还真把她给逼了出来。

这才三日不见,苏叶与顾清让便已各自顶着两个硕大的黑眼圈,在苏叶打开门的瞬间,四目相对的刹那,甭提有多喜感了。

深知苏叶打死也不先开口的脾气,顾清让笑眯眯地凑了上去:"叶儿师妹,你这两日究竟是怎的了?"

不论熊猫眼顾清让如何问话,熊猫眼二号苏叶都始终不开口,像是有人用铁水将她的嘴给焊死了似的。

顾清让还以为苏叶仍在为给他投毒的事而耿耿于怀，顿时又化身为话痨，喋喋不休地开导安慰苏叶。

苏叶将自己闷在屋里这么多天也不是光顾着去逃避，相反，这些天她想了很多，非但看清了自己的心意，同时也为杀刑堂长老做了许多准备。

顾清让既已误会了，便叫他一直误会下去好了，省得又要坏她好事。

接下来这几日，苏叶丝毫未提前些日子所发生的事。

苏木走后，她的日子再度回归平静，她总有意无意地往刑堂那边跑，待到做好万全的准备已是十日以后。

刑堂的弟子恰好都被派了出去，偌大的刑堂只剩那长老一人，可谓是天时、地利、人和。

苏叶这次仍选择在夜间行动。子时一过，她便换了一身轻便的衣服，偷偷潜入了刑堂。

刑堂长老嗜酒，这是苏叶早就打听到的消息。平日里刑堂内弟子众多，那长老也不敢敞开了去喝；待到弟子们都出去了，那长老方才放肆喝了一回。

苏叶才推开刑堂的窗便有一股酒味扑鼻而来。

她挥了挥手，试图驱散那熏得人脑仁发疼的酒味，这个动作才做完，她正欲钻窗而入，身后便突然多了个人。

苏叶顿时心跳如雷，她下意识猛地一回头，却见顾清让神色庄严地立于她身后。

事已至此，她不想再去与顾清让牵扯不清，纵然心中再不舍，她也得将那些该断的给断了。

就像现在，她明知以自己的实力与顾清让相搏无异于以卵击石，却仍未忍住，祭出了隐灵。

令她意想不到的是，她第一招尚未完全使出，顾清让便徒手拽住了她的隐灵，原本透明的隐灵顿时染上了一线红。

苏叶不禁皱了皱眉头，可就在她愣神的空当，顾清让竟走到了她身后，将她直接打横抱起。

顾清让鲜会做出这么粗暴的行为，苏叶本想挣扎，可顾清让那双手就像铁钳似的禁锢住了她。

她知道自己已经输了，不想再做无谓的挣扎，便任由顾清让抱着她御剑而行。

　　无妄崖距离刑堂隔了大半个太阿山的距离，顾清让抱着她一路慢慢地飞了许久，方才落在无妄崖上的一块巨石上。

　　早就心灰意冷的苏叶不想再做任何争辩，直接对顾清让道："我是魔宗宗主的义女，本名就是苏叶。上一次破坏阵法被你阻止了，这一次的任务是刺杀刑堂长老，又被你给当场抓住了，你无须再包庇我。江山易改，本性难移，我既身为魔宗之人，自会与你为敌到底。"

　　顾清让依旧一言不发，表情越来越严肃。

　　苏叶见过顾清让高冷拒人于千里之外的模样，见过顾清让死皮赖脸的模样，见过顾清让犯傻宛若智障的模样，见过顾清让羞涩别扭的模样，就是没见过他如今这样。

　　苏叶说这话的时候始终都盯着顾清让的眼睛，她像是想从顾清让的眼睛里看到一丝别样的情绪，只可惜她失败了。

　　今日的顾清让像是换了个人一样，待到苏叶说完这番话，他便神色庄严地抬起了手。

　　苏叶知道，该来的总归会来，他对自己再好终归也还是太阿门首席弟子，他的职责是守护太阿门这一方土地，就像她的职责是毫无条件地替宗主杀人做事。

　　能死在顾清让手上，苏叶丝毫不觉得遗憾。

　　从前的她整个世界都是黑白的、腐朽的，直至进了太阿门，遇见了他，她方才知晓，原来外面的世界真如戏折子中描述的那般有滋有味。

　　苏叶在顾清让那一掌落下来之前又深深地看了他一眼，方才缓缓闭上了眼睛。

　　想象中的疼痛迟迟未落下，她反倒十分清晰地感受到了顾清让的手掌在她头顶轻轻摩挲。

　　苏叶震惊至极，猛地睁开了眼，又一次目光空洞地将那话重复了一遍："我是魔宗之人，来你太阿门只为杀人，只为破坏阵法，甚至还给你投过毒，害你身受重伤，我是你的敌人！是你太阿门一心想要铲除的人！"

　　顾清让的神色又变回了苏叶所熟悉的，那温柔至极的模样。

　　他说："我知道，第一次瞧见你的时候便已经知道了。"

　　苏叶吸了吸鼻子，又道："你现在也已不必再收集证据了，你若不忍心杀我，就将我抓回去交给你师尊吧，我会主动承认一切。"

顾清让并未正面回复，而是选择了转移话题："你本性不坏，为何会替魔宗效力？"

苏叶倒是被顾清让问笑了："你怎么知道我不坏？更何况究竟什么是好，什么是坏？我只知我是你们口中万恶不赦的魔宗宗主养大的，我自小就生活在这种环境中，环绕在我身边的也都是修魔者，于我而言，恶人反倒是太阿门、剑气宗这些常年围剿我们魔宗的名门正派！"

听到这里，顾清让不禁又皱起了眉头："你自小就在魔宗长大，早就被蒙蔽双眼，自然不会知晓魔宗所做之事有多伤天害理。"

顾清让说的这些苏叶是真不懂，她从来都只知要听宗主与苏木的话，不论他们让她去做什么，她都不会去过问，不会去思考究竟是对是错。

她不禁睁大了眼睛望向顾清让，想从他口中听到更多，他却在这时候截住了话头。

顾清让知道，苏叶纵然杀人如麻也只是个涉世未深的小姑娘，她干净得就像一张白纸，不论是谁都能在这张白纸上描画，他却不想与苏叶讲太多大道理。

他又轻轻揉了揉苏叶的头,方才柔声道:"不早了,回去睡吧。"

三、顾清让却仍未停,他的目光始终都很温柔,一如他此时此刻的声音:"那你呢?是否也喜欢着我?"

这些日子苏叶一直都在失眠。

这一夜,她依旧没睡着,两眼盯着天花板上的横梁,一整夜便这样过去了。

翌日清晨,苏叶接到一个通知,她要与顾清让一同外出执行任务。

这突如其来的消息着实令苏叶感到意外,她尚未做好准备,便已经被顾清让拽了出去。

这一次,他们是要去一处偏远之地围剿一群魔宗教众。

因为要秘密行动,他们甚至都未走太阿山正门下山,而是直接御剑飞出了太阿山。

路上,苏叶有种恍如隔世的错觉。不论是她,还是顾清让,都不曾开口说一句话,直至足下的景物逐渐变得陌生,山间变得

188

越来越荒凉，苏叶方才隐隐猜出，快要到目的地了。

　　这个念头才打苏叶脑袋里冒出，便有一座小城跃入她的眼帘。
　　这大抵是苏叶长这么大以来见过的最小的一座城，纵然此时她仍与那城隔着很远的距离，可一眼望过去，她便能感受到一股子萧条衰败之意，甚至那小城内还四处冒着浓浓的黑烟。
　　破败并不算稀奇，在这样的时代里，穷困潦倒的人与城随处可见，而那黑烟才是十分之不寻常。
　　苏叶好歹也是正儿八经的魔宗之人，才看一眼，便已能确定那滚滚冒出的黑烟与魔宗有关。
　　她才欲张嘴去问顾清让这究竟是怎么一回事，顾清让便已伸手指向了某个黑烟冒得最多最浓的地方："我们去那儿看看。"

　　顾清让所指之处是这小破城内最高的一栋楼房，楼外有十来个长相奇怪的魔宗之人守着。
　　顾清让不过是挥了挥衣袖，这些小喽啰便哀号着栽倒在地。
　　这种简单到只用一根小拇指便能解决的任务自然不会分配给顾清让，他之所以接下这个任务，不过是为了让苏叶看到身为一个魔宗之人本该知道的事。

顾清让推开了被小喽啰守着的那扇木门。

在靠近这栋楼房之时，苏叶便已闻到了一股若有似无的腐臭味，当顾清让推开那扇门之时，她那双空洞无一物的眼竟被里面的瘴气熏得开始流眼泪，她表情痛苦地用手揉了许久的眼睛方才缓过神来，又被涌入她鼻腔的滔天臭味弄得犯恶心，她忍不住趴在地上呕吐。

一直守在她身侧的顾清让俯身轻轻拍打着她的背："屏气凝神，莫要用鼻子去吸气。"

吐到苦胆水都要出来的苏叶听了连忙照做，那股恶心的感觉便这般被隔绝了。

顾清让瞧她终于不再继续吐了，又递给她一块洁白的手绢给她擦拭嘴角。

待到苏叶完全适应了，他方才站直了身子，轻轻扣住苏叶的手腕，带着她往楼里走。

越往里走，瘴气越浓郁，到了最深处的时候，视线几乎都已被那黑压压的瘴气所遮蔽。

　　顾清让挥了挥衣袖，那些瘴气方才顺着被他掌风撕破的窗飘散出去，也就是在这时候，苏叶方才看清了这屋内的景象。

　　屋子的尽头有个很大的池子，池子的正中间有一棵模样古怪的树，树下是红到发黑的污水，堆积在水中的皆是婴儿尸骸，有的甚至不到一掌大，血淋淋的肚子还连着脐带，像是从孕妇肚子里挖出来的。

　　这样一番骇人的景象就这般不加掩饰地闯入苏叶的眼帘。

　　她只觉自己浑身的汗毛都要竖起来，惊得说不出话来。

　　她纵然是杀人如麻的魔宗之人，却无论如何都做不出这样残忍的事来。

　　顾清让的声音便在这时响起，像是一汪甘泉涌入苏叶的耳朵里："每个人的立场与想要守护的东西不同，所以，我以为杀人并不能称之为恶，可仅仅是为一己之私去滥杀手无缚鸡之力的婴孩与孕妇便为恶。你今日所见之事不过是魔宗教众所做之事的冰山一角，在你看不见的角落里，还有更多魔宗之人在做比这残忍上千上万倍的事。若这不是恶，又有何事能称之为恶？"

　　这样的事着实已超出苏叶的认知。

在过去的十七年里，她的修魔生涯中，做得最多的虽是杀戮，却也从未像个屠夫一般单方面虐杀毫无抵抗之力的弱者，在她看来，那样的事着实令人不齿。

她甚至都不知道，她从前之所以看不到这些，不过是因为宗主苏释天有意将她与这些隔绝了。

苏叶一直以来就像一条忠心的猎犬，从不质疑，直至苏木让她给顾清让投毒下药，她方才头一次产生忤逆之心，方才第一次动摇，去怀疑自己所做之事究竟是对是错。

换句话来说，她从前之所以从不觉得魔宗恶，根本就是有人刻意遮住了她的眼，她所看到的东西太过片面，她只知所谓的修仙门派满口仁义道德，却只会拼了命地去绞杀他们这些魔宗教众。

苏叶额头里有根筋在突突跳动，她的整个世界观已被敲得粉碎，她很痛苦，却只能无力地捂着脑袋蹲在地上。

有些东西早已深入骨髓，顾清让纵然是将手伸入她身体去拔，也无法将那些渗入骨子里的东西从苏叶体内连根拔出。

看到苏叶这般痛苦，顾清让依旧什么话都没说，只是静静地蹲在她身侧。

时间一点一点地流逝，直至苏叶蹲到两腿发麻，几乎就要栽倒在顾清让身上之时，她方才再度开口说话："谢谢你让我看到这些，可如今的我仍做不到即刻就站在魔宗的对立面。不论如何，宗主是我义父，若无宗主便无而今的我。"

顾清让对此毫不感到意外。

该看的，他已带苏叶看了，该说的，也都已经对她说完了，接下来便是苏叶自己的选择，他不会再做干预。

两人再回到太阿门时已入了夜。

苏叶心事重重、心神俱疲，本欲直接回到自己房间去好好睡上一觉，却在转身的刹那被顾清让扣住了手腕。

顾清让的声音一如既往的清冽，其中又掺杂着些许苏叶所形容不出的情绪。

"我永远都不会伤害你，但同时只要有我在，我便不会让你杀害我太阿门中任何一人，破坏我太阿门中任何一处阵法。"

苏叶低垂着眼睫，没有接话，只问他："明明你早就知道了一切，又为何要留下我这祸害？"这个问题困扰了她太久，今日若还不开口去问，大抵她这辈子都无法知道答案了吧。

苏叶的话明显让顾清让愣住了，他不禁松开了握着她的手。

莫说是苏叶，就连顾清让他自己都不明白，自己为何要这么做。

他想了很久很久，方才想到该如何去回答苏叶的这个问题。

他的表情很浅，眼中却是一片真挚："你本性不坏，甚至可称之为纯良，本就与旁的修魔者有着云泥之别。"

说到此处，他又顿了顿，目光深深地望了苏叶一眼方才道："你是我师妹，我会对你负责到底。"

苏叶嘴角一抽，手却猝不及防地又被顾清让给握住了。

他握住苏叶手的力道很轻，苏叶完全可轻易地将自己的手从他手中抽出，她却鬼使神差地默许了，甚至还认认真真地听顾清让说了一大通在她从前听来可称之为废话的话。

他说："虽然你是我师妹，但我也不知为何，每天都很想见你，一旦见不着你了，又会不停地想你。我不知道自己究竟是怎么了，直到后来，有一个师叔告诉我，此为相思疾，我方才知晓，原来是我喜欢上了你。虽然直至现在我都没能弄明白我为何会喜欢你，可情情爱爱这事本就是虚无缥缈的，否则又岂会有'情不知所起一往而深'这样的话流传于世？所以，我便不再去纠结自己为何会喜欢你了，总之，喜欢了就是喜欢了。"

苏叶被这突如其来的告白弄得一脸蒙，顾清让却仍未停，他的目光始终都很温柔，一如他此时此刻的声音："那你呢？是否也喜欢着我？"

从未想过顾清让会如此直白的苏叶愣了许久，方才猛地一摇头极力否认着。

顾清让又不禁失笑出声："既摇头否决了，又为何要思考这么久？可见你的内心必然是有所动摇的。"

这下，苏叶把头摇得更急促了，活似一个拨浪鼓。

顾清让像是看不下去了一样，又轻轻揉了揉苏叶的脑袋，越发温柔地问："你真的不喜欢我？可喜欢我的小姑娘多着呢，你若再这般纠结，可要错失了良机哟。"

苏叶还真乖乖思索了起来，她是真的不明白自己究竟是不是喜欢顾清让，只知顾清让此人于她而言终究是有些不一样的。

苏叶并未当即回复顾清让，而是为此特意跑去找了白芷。

苏叶找到白芷的时候，白芷正在梨花白中优哉游哉地喝着茶。

孰知刚一见面，苏叶张嘴便问了句："你可有喜欢的男修？"

"噗！"才啜饮一口清茶的白芷立马就喷了，她像是见了鬼似的瞪大了眼睛望着苏叶，"你怎么会突然问起这个呀？"

白芷这么惊讶倒也十分正常，毕竟在她心中苏叶就是个啥都不懂的傻姑娘。

苏叶心中也纳闷，不明白自己就这么随口问了一句，怎就吓得白芷连茶都喷了呢？

纳闷归纳闷，她倒也解释了一句："没什么，我就想问一问。"

白芷对此倒也没深究，放下茶盅，一本正经地回答起了这个问题："没有的，因为即便我有喜欢的人也没用呀。我身为白家长女，首先考虑的自然是家族利益，家族需要谁，我便试着去喜欢谁就好了。"

说这话的时候，白芷的神色淡到苏叶几乎都要以为她在开玩笑。

可苏叶已不是刚出来时那个傻愣愣的修魔少女了，她自然知道像白家这样的大家族从来都是"利"字为先，只是，当她真正听到白芷说出这样一番话的时候难免会有些感慨。

苏叶沉默了很久，才又突然问了句："那你可知喜欢一个人究竟是怎样的感觉？"

"不知道。"白芷回得很是简洁，"但我总听人说，喜欢一个人的时候便总会挂念着他，朝思暮想，见不到的时候甚至都能相思成疾。"

语罢，她又望向了苏叶："你今天怎么了，问的问题都很是奇怪呀？"

"没什么。"苏叶翻来覆去就这一句话，充分体现了她锯嘴葫芦的属性。

深知苏叶脾性的白芷倒也不在这事上纠结，反倒贼笑着调侃起了苏叶："说起来……你与顾师兄之间……嗯？究竟是怎么一回事呀？"

苏叶纵然被白芷这话给呛了下，仍是回了那句万能的"没什么"。

白芷却不打算就这么放过苏叶，她的笑越来越贱兮兮，叫人看了就想打她一拳。

苏叶今日之所以会来找白芷也是因为顾清让，到了最后，她终究还是没能忍住问了句："那你觉得顾清让这人如何？"

"很好呀。"白芷倒是实话实说，"不论是容貌，还是天赋，放眼整个修仙界，都找不到第二个似他这样的人物。像他这样的人，哪个家族都是争相拉拢的。我若是与他两情相悦，一心想要嫁给他，纵然族中已给我定了亲，他们都会想办法将我解除婚约，想尽办法将我嫁给他，从而拉拢这样一号天才人物。"

白芷说的话依旧是从家族利益上出发，可苏叶仍觉得白芷将顾清让给夸上了天。

苏叶不禁喃喃自语："他真有这么好？"

"当然了，他可是修仙界的少女们头号想嫁的人呀，也就你这傻姑娘身在福中不知福。"说到这里，白芷又贼兮兮地眯起了眼睛，"哎哎哎，你今日怎对他这般上心？莫不是终于开窍了？"

白芷使劲朝苏叶挑眉，越问越露骨，苏叶抵不住白芷的热情落荒而逃，只余白芷一人叉着腰站在梨花林中笑。

这晚，苏叶又迎来了一个不眠之夜。

整晚她都在纠结什么是喜欢，自己对顾清让的感情是否算得上是喜欢。

正因她这一夜都在纠结这些破事，以至于她第二天去找顾清让上早课时又顶着两个乌黑的硕大眼圈。

顾清让看到苏叶那两个眼圈的时候整个人都愣住了，可他这人有时候比苏叶还要能憋，他原本明明是想笑的，却生生将笑意憋了回去，像个没事人一样继续教一看就很别扭的苏叶练功。

苏叶本为修魔者，纵然顾清让每日教她练功，其实也都是在做无用功，无非就是两人在一起打发时间罢了。

今日这般打发着时间，顾清让突然道了句："其实我很好奇，你们修魔者平日里都是怎么练功的？"

修魔者与正统修仙者不同，后者完全是老天赏饭吃，资质与天赋几乎就能决定一切。

修仙本就已是逆天而行，而修魔则是在修仙本就逆天的基础上再逆一次天，如此一来，那些并无灵根并无天赋之人所能倚靠的便只余掠夺。

正因如此，才会出现苏叶所看到的，残杀婴孩激发怨气来修魔之事。

修仙者从来都是天赋越高、灵根越纯者造诣越高，而修魔者则往往都是越凶残越是强大。

苏叶与那些普通的修魔者不同，她体内有灵根，且还不需要激发各种怨气来修炼，她仿佛生来便具备杀戮之能。

苏叶想了很久，才给出顾清让这样一个答案："我好像从未像你们这般修炼过，但我经常能看到苏木修炼，他修炼的样子挺可怕的。"

具体有多可怕，苏叶已不愿再去回想，她的话便就此打住。

既然苏叶不愿继续说下去，顾清让自然也不会违背她的心愿去不停追问，他什么都没说，只露出了若有所思的表情。

其实打今日看到顾清让的第一眼开始，苏叶就在等，等他再主动提起昨日那件事。

但这次注定要叫苏叶失望了，任她等再久，顾清让始终都未再提昨日之事，最后还是苏叶没能沉住气。

不知从什么时候开始，苏叶那双黑洞一般的眼睛里也终于有了活人的情绪，她直勾勾地望向顾清让的眼睛道："我思考了整整一个晚上，我觉得，我应该是喜欢你的。只是正如你所说，正

邪从来都势不两立，我不可能背叛将我养大的宗主，你亦不可能
为了我背叛太阿门。我今日其实就是为了告诉你，纵然是两情相
悦，我与你之间也终究是不可能的，最好的结局大抵也就是相忘
于江湖。所以，我今日是来与你告辞的，我准备回去了，这个任
务我失败了。"

顾清让在听到苏叶说她其实也喜欢自己的时候眼睛明显一
亮，再往后，听到余下的话，那原本汇聚在他眼中的神采便就这
么暗了下去。

两人就这么无声地对视。

又隔许久，顾清让方才清了清喉咙："其实，我们还有第三
条路，不要管什么魔宗与太阿门，我们一起远走高飞吧。"

这话叫苏叶扎扎实实地震惊了一把，她从未想过，堂堂太阿
门首席弟子竟能说出这样一番话来。

苏叶忽觉自己精神有些恍惚，整个人都像是在梦里一样。接
下来顾清让做了哪些事、说了哪些话，她已记不太清，她只知顾
清让与她约好了，三日后，他们便一同离开这里，去一个不会被
任何人找到的地方。

第六章

◆ 你走吧，我要在这里等他。

一、她从不知自己竟有一日会对一个男子这般上心，就像戏折子里写的那样，得了相思疾。

苏叶也曾疑惑过顾清让为何要将时间定在三日以后，不过很快她便明白了究竟是为什么。

接下来的三天，顾清让突然变得很忙，忙到苏叶几乎都看不到他的人影。

时间一晃而过，很快便到了约定好的第三日，顾清让却始终未出现，苏叶只在自己房内发现一张顾清让亲手写的小字条：

"我仍有杂事要处理，子时在约定好的地方相见。"

不知为何，苏叶心中始终有股异样的感觉，可纵然如此，她仍是去了那约定好的地方等顾清让。

子时，太阿门除了那些夜巡的弟子，路上已瞧不见一个人。

苏叶双手抱膝，将自己缩成小小的一团，坐在山石的缝隙中静静等着顾清让。

今晚注定是个不平凡的夜晚，山风呼啸，不停在山石的缝隙里穿梭着，发出"呜呜"的怪叫声。

这样的地方定然会叫寻常女子感到害怕，而苏叶除了焦急，再无其他多余的情绪。

苏叶不知道自己究竟在此处等了多久，只知随着时间不断地往后推移，仿佛有一道光从厚厚的云层间钻了出来，原本混沌一片的天地也因此清明。

天在一点一点地变亮，她要等的人却始终未来，直至黎明的朝霞彻底被蓝天白云所取代，那片山石之后方才传来一阵阵杂乱的脚步声。

苏叶知道，来者定然不会是顾清让，她却仍忍不住探出头去看了一眼。

可也就是这一眼，原本还算得上宁静的清晨突然就变得嘈杂起来。

"师叔！是那个魔女！我看见她了！她就躲在山石后面！"

"抓住她！抓住这个魔女！她杀了渡厄真人，伤了大师兄，一定不能放她走！"

苏叶甚至都未弄清状况，便被一群高阶弟子给团团围住了。

那些弟子看上去年纪都不小，个个器宇轩昂，一看便知定是修为更高的那一批精英弟子。而领头的那位长者，则与顾清让的师尊有着六分相像，同样是有着花白的眉与发，面容却如二十岁出头的年轻人那般俊秀。

苏叶并没有逃。

即便她想逃，也无法在太阿门这么多精英弟子包围的情况下全身而退。

她瞥了那名长者一眼，开口便问："顾清让在哪里？"

　　换来的却是那长者的一声冷笑："你这魔女还有脸来问？"

　　苏叶不明白自己怎么就没脸问了，可她还记得，方才似乎还有人说了句，顾清让受了伤。

　　于是，她问得越发大声："告诉我，顾清让他究竟怎么了？"

　　没有人回答，回复她的是一柄又一柄闪着寒芒的利剑。

　　她曾答应过顾清让，绝不会再杀太阿门中一人。

　　纵然利刃擦着她面颊而来，她亦不曾祭出隐灵，不过是翻转身子避开那一击。

　　围剿她的皆是太阿门中的精英弟子，纵然她使出了全力都不一定能全身而退，更遑论她这样不停地放水。

　　那些刀与剑一下一下地划过她的身体，有些地方渗出了血珠，有些地方已皮开肉绽见了骨，她手中明明还有一枚苏木给的神盾符，只要捏碎了她便能全身而退，可她尚未等到顾清让，她不能就这么不明不白地离开……

　　直到那名领头的长者用剑指在了她脖颈上，她方才彻底放弃了挣扎。

　　在众人的围剿之下她已伤痕累累，先前之所以还能撑住，不过是被恐惧支撑着，而今那些刀与剑都已撤去，只余一柄抵在她脖子上，她反倒得以放松，竟就这么直直地倒了下去。

苏叶再度醒来的时候已在太阿门的地牢里。

她手腕与脚踝上皆被戴上了枷锁，她身上的伤仍一下一下地扯痛着。

她不明白为何会变成这样，可她更担心的仍是顾清让，也不知他如今在何方，身上又受了多重的伤？

太阿门的地牢由石块砌成，牢中只有一扇拳头大小的窗，做到了真正意义上的密不透风。

苏叶甚至都不知外面的世界究竟是白天还是黑夜，她就这般拖着负伤的身体日复一日地在地牢中等着。

她从来都不信顾清让会骗她，她始终坚信着，只要顾清让身上的伤痊愈了，便一定会来找她。就像从前那样，不论她去了哪儿，他总能想办法找到。

她不知道自己究竟在这暗无天日的地牢里等了多久，她在地牢里唯一能做的便是等和睡。

等待的时候，她脑子里满满当当塞的都是顾清让，甚至连睡着了的时候做的梦里都是他。

她从不知自己竟有一日会对一个男子这般上心，就像戏折子里写的那样，得了相思疾。

她身上的伤无人来治，她又日日闷在这样一个不透风的潮湿环境里，那些深可见骨的伤口已开始生脓发臭，她甚至都能闻到从自己身上传来的那股子死亡的味道。

纵然如此，她仍未去动那枚被妥帖放在胸口的神盾符，一遍又一遍地对自己说："再等等，再等等，他一定会来救我……"

这样的话她已记不清重复着与自己说过多少遍，可她始终都未等来顾清让，反倒等来了白芷。

等来白芷的时候，她甚至连抬起头的力气都要失去。

黑暗中，是谁一遍又一遍地呼喊她的名字？又是谁用剑砸穿了地牢那密不透风的石墙，使她看到一丝光亮？

然后，她听到了白芷那细细的啜泣声。

苏叶试图仰起头去看白芷，才仰一半便因力竭而重新落在了冰冷的石头地上。

白芷已然停止哭泣，只是声音里依旧带着哭腔："魔宗之人

混了进来，现在咱们宗内一片混乱，你快点趁乱离开吧，我能做
的也只有这些了……"

　　余下的话尚未说完，又有一阵脚步声传来，吓得白芷连忙抽
出了腰间的剑。

　　所来之人是苏木，白芷虽不曾与他有过正面交锋，但苏木其
人可谓是无人不知无人不晓，莫说修魔者中无一人不识他，就连
修仙界也几乎人人都识得他，不仅仅是因为他那张比女人还要美
的妖孽面容，更为关键的还是，他那与自身容貌十分不相称的辛
辣手段。

　　白芷几乎在看到他的那一瞬间就僵住了，苏叶却率先反应过
来，用仅有的力气支撑着自己爬了起来，一把挡在白芷身前："别
杀她！"

　　这话是说给苏木听的。

　　纵然苏叶不舍身护住白芷，苏木也不会去搭理白芷这种无足
轻重之人。

　　他甚至看都没看白芷，直接将她视作透明，目光始终黏在苏
叶身上："为何不捏碎神盾符，要把自己弄得这么狼狈？"

不待苏叶接话,他便已翘起了嘴角,露出一抹嘲讽的笑:"还在想着等顾清让来救你?"

本如烂泥腐木一般了无生机的苏叶一听到"顾清让"三个字,眼中突然就有了神采,就像一朵濒临枯萎却又突然吸足水,瞬间饱满起来的花。

她连忙问:"你知道他在哪里?"

"不知道。"苏木冷冷答道。

听闻这话,苏叶又瞬间枯萎成原本的模样。

她无力地瘫坐在地上,用微弱到几乎叫人听不清的声音说道:"你走吧,我要在这里等他。"

"呵……"这一次,苏木是真被苏叶气得笑出了声。

这种事根本就由不得苏叶来说不,她如今这副要死不活的模样着实太过碍眼,苏木连多余的话都懒得与她说,直接将她打横抱着便走。

苏叶已游走在油尽灯枯的边缘,被苏木抱起的刹那她本还下意识地去挣扎……

或许是她在这地牢里待了太久,久到几乎都要遗忘温暖这种感觉的时候,这般突然地被人抱起,她竟仅仅是挣扎了两下便窝在苏木怀里昏睡过去。

　　苏叶再一次醒来已是十日后。

　　她在太阿门地牢里被关了足足三个月。这三个月的时间里，她像是被所有人给遗忘了，起先几日还有人给她送饭，到了后来，太阿门被苏木搅得乱成了一锅粥，她便彻底被人给遗忘了。她本就有重伤在身，再加之近三个月粒米未进，仅仅是靠着残留在身上的魔息来维持着自己的生命。

　　苏木与白芷若是再晚来一步，怕是就只能看到她的尸骨了。

　　苏叶从未想过，自己头一次进魔宗总舵竟是在这种情况之下。

　　是了，这一次苏木并未将苏叶带回她所熟悉的那间茅草屋中，而是直接将她带回了魔宗总舵。

　　魔宗总舵，人称"魔宫"。

　　宫中有着整个修魔界最好的大夫，苏叶昏睡了足足十日，醒来时身体已好了大半。

　　她身上大面积的创伤皆已结了痂，小伤则已愈合得差不多，唯一令人有些担忧的就是那苍白如纸的脸色。

210

这十日，苏木可以说是寸步不离地守在苏叶身侧。

苏叶一醒来，他便连忙端起一直备在一旁的热粥，准备喂给她喝。

苏叶却仍是那副冥顽不灵的模样，才喝一口粥，便又念着要见顾清让。

苏木并未回复她，眼中的暖意正在一点一点地退去。

第三口粥才入腹，苏叶便又推开了苏木给她喂粥的那只手，挣扎着从床上爬了起来。

温热的白粥随着苏叶的推搡洒落在了苏木绛紫色的衣袍上。

他面上仍无任何表情，额角的青筋却已隐隐在跳动。

苏叶却仿若未见，仍是道："顾清让在哪里？我要去见他……"

她整个人都已陷入一种可称之为"癫狂"的情绪里，全然未发觉苏木已对她忍到了极限。

她又一次想要爬下床，却被苏木一把拽了回来，狠狠甩在床上。

他已彻底被苏叶败了兴，索性连粥也不喂了，就这么直接将已被洒出一半的粥碗砸在了地上，任由苏叶饿着。

　　他这么一砸碗，倒叫苏叶瞬间清醒了。

　　而苏木已被她磨尽所有的耐心，他头也不回地朝屋外走去，甚至在反手关上门的时候还不忘在苏叶伤口上撒盐："一切都不过是你自作多情罢了，你以为你怎么会被太阿门精英弟子围剿？是他出卖了你，暴露了你的身份。你死了这条心吧！他不会来了，永远都不会来了。"

　　苏叶从来都不是那种会声嘶力竭去与人争辩的性子。旁人说的话都不算数，顾清让若真要出卖她，又何必等到现在？

　　苏木走了便走了，她亦懒得去争辩。

　　兴许是真被苏叶给气到了，接下来的几日，苏叶都未再见到苏木。

　　被苏木晾着的这几日里，苏叶倒是想清楚了不少事。她知道她与顾清让之间定然存在着什么误会，而她身在魔宫，必然什么都得依靠苏木。对于苏木的个性，她又岂会不知道，他这人向来是吃软不吃硬，越是与他犟，他态度便越强硬。

　　苏叶明白再这么与苏木斗下去吃亏的终究还是自己，她虽不会主动去向苏木认错道歉，倒也不再似从前那般与他硬碰硬。

而苏木也确实是吃软不吃硬，见苏叶乖巧了、听话了，他的态度亦明显有所转变，甚至连与苏叶说话时都能称之为温柔，从一开始的冷嘲热讽变成后来的好言相劝。

二、她对苏木的感情太过复杂，有过最纯真的爱慕，有过发自内心的恐惧，有过不加掩饰的厌恶……最后只余麻木。

时间一点一滴地流逝着，眨眼便又过了十日。

这十日里，苏叶一直都在安心调养，她身上的伤已恢复得差不多了。

这些天来她始终都在心中偷偷做着计划，一旦完全恢复了，她便要出去找顾清让。

目前来看，她像是彻底迷惑了苏木，也再未提过有关顾清让的任何事，她以为只要再过一两日便真的可以从这里逃离。

正所谓人算不如天算，就在她做好万全的准备，计划连夜逃出去之时，她又收到一个不亚于晴天霹雳的消息——她要和苏木成亲！

这消息着实来得太过突然。

　　苏叶从未想过自己有朝一日竟要嫁给苏木，相较于苏叶的震惊与难以置信，苏木却激动到连话都要说不清。

　　得知这消息的那一夜，苏木喝了很多酒。

　　那是苏叶第一次亦是最后一次看他这般失态。

　　自打宗主告知苏叶这消息以后，她所居住的小院外突然多了许多人，她就像一只被关在笼中的金丝雀，分明背生双翼却也难飞。

　　是夜，晚风微凉，风里飘着水一般清凉的花香，夜色深沉似墨，在全然无光的情况下纵然是伸出了手也看不清其轮廓。

　　苏木便是在这样一个深沉的夜里闯了进来。

　　他仍穿着一袭尊贵的绛紫色华服，与以往不同的是，他那从来都是梳得一丝不苟的发散落大半，那双藏着三分笑意、三分不羁、四分阴鸷的眼睛已被一层水雾给笼罩，他所有的情绪都被藏在迷雾之后，唯有嘴角始终是向上扬着的。

　　苏叶的希望早在听到自己与苏木婚讯的刹那破灭。

　　她甚至都懒得再去搭理苏木，任凭他一人像个傻子似的杵在她面前笑。

纵然是苏木自己也不知，他究竟目光痴痴地盯着苏叶唤了多少声"小叶儿"。

听惯了苏木用或是调侃或是阴冷的语调唤她"小叶叶"，而今再这般猝不及防地听他唤"小叶儿"，苏叶不禁一愣，这个称呼着实陌生却又耳熟得紧，她都已记不清究竟在哪儿听过。

苏叶的脑袋始终低低垂着，她的思绪早已飘向了远方，又岂能听得见藏在那一声又一声"小叶儿"背后的缱绻柔情？

人与人之间的缘分大抵便是如此奇妙。

在此之前她若是不曾去太阿门，不曾遇见顾清让，又或者说……不曾被苏木任性而粗鲁地对待，或许就不会是今日的局面。

那一夜自苏木走后，苏叶突然做了个梦，梦到她与苏木一同回到了儿时。

仍是在她一眼便能望到尽头的那个小院子里。

彼时正值暮春，小院里芳草萋萋，粉蝶蹁跹，飞舞在成簇成簇生长的花丛间。

她坐在院里的石椅上小短腿一晃一晃，歪着脑袋望向苏木：

"木哥哥，为什么我的名字叫苏叶呀？一点儿都不好听。"

苏木眉眼弯弯，声音柔得像是能滴出水来："一棵树除去根以外，最重要的是什么？"

"是……"苏叶将尾音拖得长长的，"树叶？"

"对。"苏木笑得越发温柔了，"所以，你明白了吗？"

"原来是这样呀。"苏叶眼中的疑惑渐渐淡去，取而代之的是不掺杂任何杂质的喜悦。

"那木哥哥你会一直喜欢小叶儿吗？"

"当然，因为这世上没有任何人能替代我的小叶儿。"

"可……那将来你若是不喜欢我了怎么办？"

"那，我们拉钩？"

"好呀！拉钩上吊一百年不许变，木哥哥要永远永远地喜欢小叶儿。"

……

苏叶记性不大好，往事在她的脑子里总是模模糊糊搅成一片。

梦里的那件事距今已不知过去了多少年。那样一件小事明明早就被她和过去一同丢弃了才对，为何她又会一点不落地梦见了?

　　这场梦带回的不仅仅是那段回忆，某种早已被她深埋在心底里的感情亦被重新挖掘出暴露在阳光底下，散发出陌生而又陈腐的气息。

　　苏叶醒来的时候已是翌日清晨，她目光空洞地盯着窗外那枝碧桃看了许久，眼中方才重新有了神采。

　　她对苏木的感情太过复杂，有过最纯真的爱慕，有过发自内心的恐惧，有过不加掩饰的厌恶……最后只余麻木。

　　那夜之后，苏木再未出现在苏叶眼前，而苏叶院外的看守也是一日更比一日森严。

　　时间一晃而过，很快便到了苏叶出嫁的日子。

　　才过丑时，便有婢子推开了门，将苏叶从被褥中刨出。

　　苏叶整个人都昏昏沉沉的，只管摊开了手任由她们去摆弄。

　　她的眉眼鼻皆是带着钩的尖形，偏生两颊又生得肉鼓鼓的，一看就是个仍未长开的小姑娘。

　　宗主苏释天送来的这几个婢子手巧得很，又是敷粉又是描眉，不消片刻，一张薄施粉黛、两唇却涂得亮汪汪的明艳面孔便映在铜镜里。

苏叶本是精致艳丽的五官，却被一张肉乎乎的脸蛋拖了后腿。如今被婢子们的巧手一捯饬，最后再往她额上贴个花钿，睁开眼的那一瞬间，苏叶几乎都要认不出自己。

她怔怔地望着铜镜里那张全然陌生的脸，沉默着。

化完了妆，她像个木偶似的任由那群婢子来摆弄她的头发。

待到一切都准备就绪，她换上了绣着金线的鲜红嫁衣、盖上了喜帕，那群婢子方才施施然退出去。

今夜，整个魔宫灯火通明，人来人往，好不热闹，苏叶从未见过这样的场景，换作从前她定然会因此而感到兴奋不已，可此时她着实无心去欣赏。

在此之前的无数个夜里，苏叶都曾倚在这扇窗上向院外眺望，不论是哪一次她所居的这方小院外都挤满了驻守的修魔者，今夜也不例外，只是相较前些日子，今夜的守卫明显松懈不少。

本已绝望的苏叶顿时又看到了希望。

她脑子里又开始飞快构思接下来的逃脱计划。

此时她院外的防守虽比往日里松懈，但也算得上是戒备森严，她在窗边踱来踱去，方才想到一计。

屋外仍有婢子在守候，苏叶忽而将梳妆台上的东西全部打翻在地。

一直候在屋外的人只听到屋里"哐当"一声巨响后，再无任何动静。

守在门左侧的婢子总觉着屋内有些不对劲，连忙敲门问了句："苏小姐？"

此时，苏叶将东西全部打翻后便直挺挺地倒在了地上，自然不会去应那婢子。

那婢子越发觉着不对劲，又追问了几声，结果仍是无人应答，一片死寂。

守在门外的两个婢子终于坐不住了，连忙将门撞开，却见着一袭嫁衣的苏叶正直挺挺地躺在地上。

方才敲门的那婢子地位显然要比另一个婢子高，只见她朝另一个婢子使了个神色，另一个婢子便惊慌失措、匆匆地跑了出去。

卧房的门才被关上，苏叶便猛地睁开了眼，一掌劈在仍盯着自己看的婢子的后颈上。

那婢子霎时就晕倒了，苏叶连忙剥下她的外衣套在自己身上。

做完这些以后，她才又将头探了出去，继续暗中观察那些站哨的人。

也不知究竟是巧合，还是老天爷有所安排，本还在院外来回巡逻的人竟也突然消失不见了。

事已至此，苏叶也管不得那么多，总之院外没人了，她便直接从窗口翻了出去，在月色的掩护之下一路狂奔，朝魔宫外跑。

她就如一只冲出笼的鸟，脸上洋溢着从前都不曾有过的笑容。

苏叶所不知的是，她做的一切全都落进了苏木的眼睛里，他就这么静静地站在高处，眼睫轻垂，叫人看不清他眼中正在翻涌的情绪。

苏叶不眠不休地向前跑，她一路向西行，于三日后抵达太阿山。

来之前，曾在脑中幻想过无数次她与顾清让相遇时的情景，却怎么都没想到，她会在太阿山脚下遇到一袭白衣的顾清让。

见到顾清让的刹那她明显呆了呆，她甚至都有些不敢相信自己的眼睛。

她本以为要想尽办法，乃至要交出性命才能见着的人就这么活生生地立在了她眼前。

她曾在脑子里构想过无数要与顾清让说的话，可当她真正见着他的时候才发觉，一句话都说不出口。

就在她踌躇不前，纠结着该如何说出第一句之时，一直背对着她的顾清让也终于发现了她。

在顾清让转过身看见她的刹那，苏叶再一次愣住了，心口骤然一疼，像是被什么尖锐物体给狠狠地捅了一下。

他的眼神是那样陌生、冰冷，甚至……还带着三分恨意。

"顾清让……"她试着轻声唤了句，"你没受伤吧？"

顾清让不答，反而提着剑质问她："为什么要骗我？"

苏叶一头雾水，却又莫名地慌和急："究竟发生什么事了？我怎么骗你了？"

顾清让却未接话，回答苏叶的是他手中那柄闪着寒芒的剑……

她看着顾清让的脸一点一点地在自己眼前放大，她不明白自己究竟做错了什么，为什么口口声声说要带她走，要和她远走高飞的顾清让会拿剑刺向她？

这大抵是她十岁以后第一次流泪，可她知道，一定不是因为肩头的那道伤太疼了。她对疼痛的忍受力向来都很强，纵然是断了胳膊、缺了腿也绝不会流出一滴眼泪。

那又为什么会哭呢？

她抹掉仍在不断往下流的泪水，嘶哑着声音问："你就是这样带我走的吗？"

她的视线已经开始模糊，连顾清让的脸都看不清了。

"为什么要杀我师尊？"

耳畔是谁在低吼，这般咬牙切齿的模样，就像是……要将她生吞活剥了一般。

明明就只有肩胛骨中了他一剑，可为什么她的眼皮会这么重，像是再也抬不起来了似的？

她的意识在一点一点地散去，却仍能听到有人在她耳畔放声大笑。

是顾清让吗？

他真的就这么恨她吗？

三、如果那一夜苏叶没有逃走，纵然是与苏释天为敌，他也一定会好好待苏叶，竭尽他所能地去对她好。

苏叶死了。

死在十七岁那年，她成亲的那一夜。

灵堂里，双目通红的顾清让立在苏叶的尸首前，不眠不休已足足三日。

这三日，他滴水未进，任凭谁来劝他都无用。

白芷便是在苏叶死后的第四日赶过来的，与她一同前来的还有精英弟子叶连召，以及叶连召曾在太虚秘境内救过的普通内门弟子钟年年。

白芷那双眼不比顾清让好到哪里去，唯一的区别是她的眼是哭红的。

连她自己都不明白，究竟是打哪儿来的勇气，她竟敢直接冲进灵堂一把拽住顾清让的领口，狠狠咬着牙道："你为什么要杀她？你知不知道她当初为了等你，在那地牢中变成什么样子？就连苏木来救她，她说的第一句话都是要继续等你……"说到此处，她开始低声哽咽，余下的话断断续续在喉间打着转，再也说不出口。

顾清让从始至终都未张嘴说哪怕是一个字。

他对苏叶的感情绝不掺杂任何杂质，不论是他从前与苏叶说过的那些话，还是一个月以前与苏叶的那场约定皆发自内心。

他不知他与苏叶之间为何会变成这样，明明约定好了，三日后便一同离开。

白芷的哭声越来越大，从一开始的低声啜泣变作号啕大哭。

就连与苏叶并无多少交情的钟年年都不禁红了眼眶，而顾清让的眼睛更是红得几乎就要滴出血。

他知道，他又岂会不知道？

奈何他一开始不曾看穿这场局，他的理智在亲眼看见"苏叶"杀死他师尊，并将他重伤后便已彻底失去。

那一夜他伤得很重，"苏叶"招招狠辣致命，若不是他师叔突然造访，他怕是早已不在人世。

224

他恨！是真的恨，恨自己一而再再而三地去信任苏叶，恨自己两次栽倒在同一个地方，明明从前就已被苏叶下过一次药，而今却还是这般不加防备，甚至还拖累了师尊。

他在"苏叶"拖着剑转身离去之时大声质问："你为什么不直接杀了我？"

"苏叶"却露出了他从未见过的妖娆神情，道："修仙界两百年才出一个的天纵奇才就这般窝囊地死在我手上岂不是太可惜了？我给你三个月的时间来养伤，三个月后的今天，你我二人约在太阿山脚下一战，不见不散。"

"苏叶"话音才落，他便因身受重伤而昏厥。

当他再度醒来，已是半个月以后，彼时的顾清让尚不知晓，真正的苏叶早已被锁入太阿门的地牢中备受煎熬，所有知道苏叶被抓这一消息的弟子皆死于苏木手中。

太阿门高阶精英弟子与长老的大量死亡使得太阿门的防守变得极其薄弱。

苏木率领三万魔宗之人轻轻松松便攻上了太阿山。

太阿门因此元气大伤，甚至连修仙界第一大派的头衔都要不保。

从前于顾清让而言，修炼不过是为了敷衍师尊的手段，而今他却是在拼了命地在修炼，为的就是能以最快的速度痊愈去与苏叶决一死战。

他日等夜等，终于等到了那一天。

他以为自己永远都能保持冷静与克制，可他那引以为傲的冷静在见到苏叶的刹那便消散得无影无踪。

他像是突然之间就失去了所有的理智，拿剑指着苏叶，大声质问着："为什么要骗我？"

他的剑素来都很快，这一次也如往常那般，话音未落，他便已一剑刺穿了苏叶的肩胛骨。

他虽早已气到失去理智，却仍避开了要害，只刺了她的肩胛骨。

他以为苏叶只会受一丁点皮外伤，比起当初被她挑断全身筋脉的自己要好出千万倍。

她却就这样死在了他眼前。

他的剑上被人淬了毒，是那种一沾即毙命的剧毒。

他从来都不笨，又岂会猜不出这一切皆为有心之人设的局。

一瞬间，种种情绪涌上心头来。

恨吗？后悔吗？

当然。

他在苏叶已然僵硬的尸首前不眠不休地守了足足三日。

这几日里，有人来了有人走了，除却白芷，却无一人将目光停留在苏叶身上，统统都在劝他要好生歇息，好生吃饭。

苏叶虽不曾主动提及自己的过往，他却也并非对她一无所知。

人人都知魔宗宗主养了只杀人不眨眼的凶兽，却无人知晓，那足以令人闻风丧胆的夺命母夜叉是个才满十七岁的小姑娘。小姑娘明明生得那般冰雪可爱，眼中却永远是一片死寂。

在此之前，他不知晓世上竟还存在这样的姑娘，她手染鲜血，杀人不眨眼，却又干净得像一张白纸，这样浑身上下都充满矛盾的姑娘就像一块磁铁，一出现便已将他深深吸引。

白芷离开以后，他的倦意方才袭了上来。

整整几日都不曾闭眼的他一睡便是一整天，当他再度睁开眼的时候，本该静静躺在棺材里的苏叶却突然消失不见。

某一瞬间，他甚至都以为苏叶又复活，从棺材里爬了起来。

然而，事实却是她消失了，连人带魂一同抽离了他的世界。

苏叶这次是真的死了，偷走她尸首的正是在幕后操纵一切的苏木。

正如顾清让所猜测，他与苏叶之间所发生的种种皆为苏木暗中操纵。

苏叶被埋在了太阿山脚下。

有传言说，最后的修罗女赤焰姬的业火红莲种子便是落在了这太阿山上。

传言虽是虚的，可业火红莲种子于天下每一个人来说都有着致命的诱惑力。

世人皆知赤焰姬当年曾留下了业火红莲的种子，却无人知晓那种子是她留给自己刚出世的孩子的唯一物件。

直至死时，苏叶都不曾知晓她并非苏释天捡回的孤女，而是赤焰姬与白芨之女，修罗一族仅剩的血脉。

这个秘密只有苏释天知晓，后来这秘密又多了一人分享，那便是刚从极北之地回来的苏木。

这些年来，苏释天一直都在想办法让苏叶体内的修罗血觉醒，甚至，当年苏木派苏叶潜入太阿门也是为了这个，所有让她去完成的任务都不过是掩饰，最终目的却是让她长时间留在太阿山上，期望她的血脉能与业火红莲的种子产生共鸣。

苏木的想法倒是很好，可苏叶在太阿门待了大半年也仍无任何反应，直到后来，苏木发现苏叶对顾清让竟然生了情愫，方才有了之后的事。

修罗本就是一种恶鬼，而苏叶又是恶鬼与人族的混血，倘若彻底杀死了她为人的那一部分，那么，苏叶所剩的便只有为恶鬼的那一部分。

并不是每个人死了都能遁入鬼道。

为了使苏叶化成修罗，苏木可谓是煞费苦心，他早早便选好了日子，设局令苏叶穿着血红的嫁衣含着怨被此生挚爱顾清让所杀。

阴年阴月阴日阴时，一袭血红的嫁衣，又是含着怨死去被埋在了太阿山上唯一一处阴地，苏叶已具备所有化作修罗的条件，苏木而今所要做的便是耐心地等。

他这一等，便是一百年。

苏叶的坟仍无任何动静。

春去春又来，她仿佛就真的死在了一百年前，和那些再寻常不过的人一样，一旦死了，便真就彻底地消失了。

不知从哪一年开始，满怀期望的苏木已只剩绝望。

他对苏叶的感情不曾掺一丝假，可纵然再深的情都敌不过利益的驱使，更何况，他当年曾给过苏叶两个选择。

如果那一夜苏叶没有逃走，纵然是与苏释天为敌，他都一定会好好待苏叶，竭尽他所能地去对她好。

苏叶却从未选择过他，不论是儿时还是现在，得到的永远都是同一个答案。

与往常一样，今日的黄昏他又来看苏叶了。

苏叶的坟包仍是那样孤寂，孤零零地立在草木葱茏的山脚下，一如她生前那般与世隔绝。

他每次来看苏叶都从不会开口说话，总是提着一壶酒，盘腿坐在苏叶坟前一言不发地自饮自酌，他从堆满火烧云的黄昏一直喝到天黑,直至山脚下一片漆黑方才离开。

　　苏木所不知的是,他离开以后不久,那近百年都无动静的坟包上开始不断往外冒着黑气,直至破晓天明,一袭白衣的顾清让自此经过,苏叶那被杂草深埋的坟包突然发出一声巨响,只听"砰"的一声,苏叶的坟便从中间裂成了两半,已化作修罗的苏叶便这么从坟中钻了出来。

　　那日清晨突然狂风大作,原本晴朗的天突然下起了暴雨,暴雨的颜色甚至逐渐由淡变浓,渐渐变成了血一般浓稠的红,是天下将要大乱的征兆。

　　顾清让一如百年前那般白衣翩翩,而苏叶却已然变成了另一副模样。

　　重逢的时刻二人皆是一愣。

　　顾清让那本无一丝波澜的眸忽而一亮。

　　就像是一道曙光突然撕裂了压得人喘不过气来的厚厚积云,他漆黑一片的世界里渐渐透进了光,他想伸手去触碰那一抹亮,才将手抬起,指尖便一阵轻颤,连带着他的心脏一同抽搐。

　　脑中又不自觉回想起那句曾在他心中回荡过无数遍的话:"你

就是这样带我走的吗？"

他眼中亮起的光又渐渐暗了下去，一点一点地湮灭在他眸子里。

苏叶死了。

早在一百年前，便已死在他的剑下。

如果说再度重逢时顾清让的情绪是懊悔与自责，那么苏叶的心情却要复杂得多。

她怔怔地望着眼前这个既陌生又熟悉的男子，那颗早已停止跳动的心脏竟开始一阵一阵地抽痛。她突然变得很难过，却又不知那种难过究竟是从何而来，原本空荡荡的胸腔里突然被一股子酸涩的气体填充得满满当当，几乎就要喷涌冲出那已腐朽的胸腔。

她竭力抑制住那股异样的情绪，就这么一动不动地站在原地静静注视那人。

那人的眉眼分明好看极了，她却越看越觉心痛，甚至有一股被埋藏在内心最深处的恨意如春日里新发的芽一般破土而出，甚至它在随着时间的不断流逝而飞速成长壮大，渐渐长为一棵遮天蔽日的参天巨木。

　　萦绕在她身上的那股本就算不上多平和的气息突然变得危险
至极。

　　她脸上虽仍能看出从前的影子，却因消掉了婴儿肥而变作另
一种风格，其中变化最大的还是她那双眼睛，从前是深渊一般不
见底的黑，面无表情且不说话的时候总让人觉着她就是一个用木
头雕琢而成的人偶，而今的她那双眼睛已变作比血还要浓稠的暗
红色，美则美矣，却带着一丝说不清道不明的妖异诡谲。她整个
人就像是一柄被拔出鞘的利刃，有种杀气腾腾的美，叫人不敢逼
视，只觉心悸。

　　顾清让并不是没感受到她的变化。

　　可即便如此，他仍是忍不住唤了一声："叶儿？"

　　可也正是因为这一声"叶儿"，苏叶那仅存的理智也消失了。

　　她双目通红，滔天的恨意犹如火山爆发一般自她体内喷薄而
出，刹那间，甚至连空气中都弥漫着肃杀之气，她的头发和衣裙
无风自舞，宛若一朵迎风而绽的曼珠沙华。

　　顾清让又岂会感受不到她所散发出的杀气？

　　可他仍痴痴站在原地，眼睛一眨不眨望着那美得张扬却又危

险至极的女子。

如果她真是他的叶儿，化作修罗自坟茔中爬了出来找他索命，那么，要杀便杀吧，太阿门的首席弟子顾清让早已死在了一百年前，伴随那个名唤苏叶的少女一同离去。

苏叶双手弯曲成爪，正要朝他面门扑来，指尖却骤然停在了他鼻梁前。

像是有一股力渗透了她的身体，用灵魂将其动作制止。

两行殷红的液体就这般猝不及防地顺着她眼角慢慢滑落下来，一滴一滴落在翠绿的草地上，红与绿的交织夺目至极。苏叶脑子里一片混乱，她不明白自己究竟是怎么了，明明她恨极了眼前之人，身体却像是突然之间就不听使唤了，就这么一动不动地僵在了顾清让面前。

而顾清让的目光始终都未离开她的眼，这一眼就像是穿透了漫长到没有尽头的时光，回到他与苏叶初遇的一百多年前。

山脚下有微风拂来，有虫鸣鸟啼，甚至有粉蝶蹁跹，缠缠绵绵落至他的肩头她的鼻尖。

这本是一幅美到足已入画的景象，却被一把不知打哪儿飘来的嗓音搅碎。

"顾师叔！"男子低沉而浑厚的嗓音再一次响起，彻底撕破了原有的平静。

苏叶那双殷红的眼睛里再度恢复平静，而顾清让的眼亦正逐步恢复清明。

"顾师叔！"待到最后一声低吼传来之时，苏叶的眼睛里已看不到任何情绪，她目光深深地瞥了顾清让一眼，便头也不回地离开了。

她似一抹残红飘然而去，徒留顾清让一人杵在原地。

第七章

一、这一切的一切都要归咎于那个名唤苏叶的姑娘身上，自她死以后，太阿门中便再无顾清让，有的仅是一具被掏空了灵魂的行尸走肉。

那不停叫唤着的弟子匆匆赶来，而顾清让的视线仍黏在那抹残红之上。

那弟子苏叶也曾见过的，正是百年前与她一同在太虚秘境内结过伴的叶连召。

　　而今顾清让已是门中长老，叶连召为首席弟子。

　　叶连召一见到顾清让便行了个大礼，随后才问道："顾师叔，我方才察觉到了一丝可疑的能量波动。"他边说这话，目光边往苏叶离去的方向瞥，显然也是看到了苏叶。

　　也就在这时，顾清让那飘飞的思绪方才抽了回来。

　　他的容貌一如百年前那般俊美，可他的眼就像彻底死了一样。

　　从前的他不说话的时候永远都给人一种神圣不可侵犯的距离感，而今的他身上同样有那股子距离感，却不再是苏叶初见他时的那种宛若神祇般的感觉，他虽依旧活在你眼前，他的那双眼却早已死去，一如最初的苏叶那般空洞死寂无一物。

　　顾清让目光扫来的瞬间，叶连召下意识便觉心中一凉。

　　他那双空洞的眸里不曾透露出任何情绪，表情亦十分冷淡，却又不同于百年前苏叶初识他时的那种，现在的他对叶连召全然就是一副敷衍的态度："不知道。"

　　叶连召欲言又止，目光灼灼地盯着顾清让半晌，顾清让方才又补充道："大抵是个妖孽吧。"

　　叶连召心中的白眼几乎就要翻破天际，这话说了不等于没说，是个人都能看出方才逃走的定然不是什么好东西。

碍于他们之间身份悬殊，叶连召总不能真指着他鼻子大骂"你这都说的是什么废话"。

他寻思片刻，方才又道："那您为何要放她走呀？"

这下顾清让可真懒得搭理他了。

叶连召亦算是对自家这位师叔了解颇深，便也不再与他废话，道了句"师侄告退"，便欲追上去。

他前脚才迈出去，后脚都还没跟上呢，便已被顾清让拽住了衣领。

他仍是那副事不关己的模样，只淡淡道了句："别去。"

"为什么呀？"叶连召这下是真不明白了，他目光仍定在了顾清让脸上，仿佛想从顾清让脸上看出一点端倪。

顾清让只淡然道出了一句十分伤人的话："你去了只会送死。"

顾清让所言属实，修为到了他这种级别，纵然就只是远远看对方一眼便能看出对方的修为究竟如何。

顾清让这话虽说得直接了些，叶连召倒是虚心接受了。

而今的顾清让已是太阿门第一人，是放眼整个修仙界都堪称魁首的存在。

不论他变成了何种模样，太阿门人都将他奉为神祇。

顾清让说完那话便走了，却不是去往苏叶消失的方向。

叶连召望着顾清让逐渐远去的背影，心中很不是滋味。

从前的顾清让风光霁月、疾恶如仇，纵然身为首席弟子却从来都奔在一线。

而今的他与从前相比，宛如换了一个人一般。

这一切的一切都要归咎于那个名唤苏叶的姑娘身上，自她死了以后，太阿门中便再无顾清让，有的仅是一具被掏空了灵魂的行尸走肉。

如果说苏叶与顾清让之间的情就如同那疯长的藤蔓，枝枝蔓蔓纠缠不清，却又不断在生长蔓延，那么苏叶与苏木之间便是那被人斩断主干，却又抽出新枝的树。

她与苏木就像是换了一种方式来重新认识。

苏木与苏叶再一次相遇是在苏叶觉醒后的第三日。

此时的苏叶就像一个问世不足三日的婴儿，这个世界的一切于她来说都很陌生。

　　她漫无目的地在太阿山脚下游荡了整整三日，三日后再无去处的她又回到了自己的坟前，她像个不谙世事的小姑娘般坐在自己坟头上晃着脚玩。

　　此时已近日暮，苏木又提着一壶酒来到她坟前。

　　此后不论再隔多少年，苏木都总能想起，他与苏叶再相遇时的场景。

　　西方天际燃起了一团玫瑰色的火烧云，整片天都被染成红与橘交织的色调，那个穿着一袭血红嫁衣的女子静静坐在坟头，傍晚的凉风徐徐吹来，一下又一下掀起她破烂不堪的裙摆，露出一截宛若白玉雕琢而成的脚踝。

　　看到苏叶的刹那，苏木心口猛地一抽搐，原本被他提在手中的那壶酒就这么"哐当"一声落在了地上。

　　兴许是酒壶砸落在地的声响着实大了些，本还在自顾自望天发呆的苏叶不禁微微侧过了头，用一种全然陌生的眼神望着苏木。

　　就在她目光扫来的瞬间，苏木突然明白了何为一眼万年。

　　这一百多年来他曾在脑中构想过无数次，再一次与苏叶相遇会是怎样一番场景。

可真正到了相见的时候，他竟紧张到手足无措。

他那两瓣薄凉的唇才要张开却又闭上，他甚至都不知与苏叶重逢的第一句话要说什么。

到头来还是苏叶先开口，她微微眯着眼，满脸戒备："你是谁？"

她的容貌虽与从前相差甚远，嗓音却始终未变，依旧是那样冰冰冷冷不掺杂一丝别的情绪。

苏木心中一时间五味杂陈，他从未想过觉醒后的苏叶竟已忘了生前的一切。

他试图走近些去靠近苏叶，苏叶眼中却已有杀意隐现。

她又将那话冷冷重复了一遍："你是谁？"

"我是苏木。"苏木的步伐已停下，他试图挤出一个善意的笑，"小叶儿，你不记得我了吗？"

苏叶对眼前这个华服加身的紫袍男子当真无一丝印象，可"小叶儿"那三个字像一根极细的针，在她心口上狠狠刺了一下。

苏叶又坐直了身子，目光一寸一寸地将苏木细细打量着。

可不论她在脑中搜索多少遍，她都始终记不起这个人，唯一有感觉的，也仅仅是"小叶儿"那三个字。

苏木瞧她神思恍然，不禁又悄悄往前走了一步，他的声音是那样的温柔，一如儿时哄她吃药的时候。

他道："小叶儿过来，木哥哥接你回家了。"

这一次苏叶的反应很是明显，她整个人都微微颤了颤，旋即用一种错综复杂的目光望向苏木，她道："我好像记得木哥哥这个人。"

她说这话的时候正低低垂着脑袋，她试图将记忆挖掘得更深，可不论她如何去回想，脑子里仍是一片空白。

她想，眼前这人大抵是能去信任的，只因一听到"木哥哥"这三个字，她便忍不住想要去靠近。

于是，她又问："还有，我是谁？"

"你是小叶儿，名唤……楼璃。"

"楼璃？"苏叶喃喃念着这个全然陌生的名字。

苏木笑意盈盈地又将那话重复了一遍："对，楼璃。"

"你说你要带我回家，家在哪里？"

苏叶问起这一问题的时候，苏木已悄悄靠近，他朝她伸出了手："把手给我，木哥哥带你回家。"

兴许是这一刻他的神情太过温柔，只消一眼，苏叶便已沦陷，不自觉地伸出了手覆在他手掌上。

二、苏叶就像一只将要狩猎的豹，双目直勾勾盯着白芷的眼，一步一步朝她逼近，最后甚至像个登徒子一样挑起了她的下巴，微微眯着眼道："你看起来可真眼熟，我们是不是见过？"

苏木带着苏叶回到了魔宫。

这一百年间他除却在等苏叶，还做了一件大事。

早在五十年前，苏木便已成了这座魔宫的新主人，那是一场血的洗礼，残酷到连苏木本人都不愿再去回想。他在魔宗中的口碑本就称不上好，那一战以后，他更是背负了弑父的罪名。

可那又如何？

他的世界里只有弱肉强食并无忠义廉孝，这些皆是苏释天教他的。

苏木将苏叶带回魔宫的时候，整个魔宫都沸腾了。

"楼璃"这个名字像是生了翅膀般于一夜间传遍了整个魔宗。

住在魔宫的日子里，苏叶总觉浑身不自在，她就像一只被关在笼中的猴，不论去了哪儿，做了什么，总有一堆人暗中观望着。

着实被那群人看得不耐烦了的苏叶不禁问苏木："为什么总有人像看猴一样望着我？"

其实这也不能怪苏叶，魔宫中人也不是生来就这般八卦，他们之所以会这般诡异，不过是因自打苏叶当年逃婚离开以后，苏木身边再未出现过任何一个姑娘，他就这般清心寡欲地独自过了百年。

甚至宗内还有传言说苏木与苏释天一战伤到了命根，从此便不举。

此外，说他乃是断袖的轶闻也有不少。

那些谣言纵然无根无据，可就这般肆无忌惮地传了近百年，即便是假的也会被人视作真的来看。

这也就不难理解，为何苏叶一来，魔宗那群教众就像疯了一样四处打探楼璃的消息。

苏叶对自己一下便成为整个魔宗焦点之事早就释怀。

苏木对她的宠几乎已无法用言语来表达,她想要摘天上的星星,他便为她建了一栋高耸入云的摘星楼。楼上虽摘不到真正的星,却被他嵌了近万枚夜光石,每当入了夜,那些如星星一般亮的夜光石便在云层中闪烁着,宛若真正的繁星。

苏木对苏叶的宠已毫无原则,宗内又有谣言在传,说苏叶是狐妖艳鬼化成的人,早就将苏木勾得丢了魂。

唯有苏木自己知晓,不论奉上多少东西在苏叶眼前,都弥补不了。

苏叶便这般彻底被他宠坏了。

她娇纵蛮横又任性,与生前那个沉默寡言的小姑娘完全是两个不同的人,纵然如此,苏木对她的宠也未有削减。

苏叶就像是一株枝繁叶茂的蔷薇,吞吐着甜蜜的毒液、张开她的刺笼罩整个魔宫。

变故也在这时候来到。

那是一个平静的午后,一如从前度过的无数个普通日子一样。

唯一打破平静的是一个尖厉的嗓音,短促而音调极高,猝不及防地撕裂了虚空，就像一柄破空而来的短小匕首。

苏叶本在凭栏眺望，却被那一声尖叫惊得皱起了眉头。

此时的她正立于魔宫之巅摘星楼上，整个魔宫内的景象一览无遗地落入她眼睛里。

她能看到发出那声尖叫的是个穿绿衣的低阶婢子，而杀死她的青衣婢子却不曾就此饶过她，又往她身上泼了一瓶化骨水方才匆匆逃离。青衣婢子所不知的是，自己那一系列毁尸灭迹的动作究竟引来了多大的后患。

也就那么一会儿的工夫，便有穿着重甲的魔兵闻声而来。

青衣婢子本以为自己必死无疑，却不想突然从花丛中伸出了一只手，将她一把拽了出去。

看到此处，苏叶紧皱的眉心已全然舒展开，她饶有兴致地看着那两名青衣婢子如阴沟里的耗子般抱头逃窜。

苏叶若仍存有生前的记忆，她定然一眼便能认出，方才杀绿衣婢子之人是在太虚秘境内与她有过一面之缘的钟年年，而突然出现救钟年年的则是她生前唯一的挚友白芷。

钟年年与白芷之所以会潜入魔宫正是为了苏叶。

　　苏叶自坟茔中钻出已有三载，也正因她再出世那三日的异象，这三年内修仙界从未放弃过对那异象的探索与追踪，最终有人发现了她的残坟，并且将那残坟与魔宫连为一线，也就有了太阿门亲传弟子钟年年与精英弟子白芷的这一番动作。

　　百无聊赖的苏叶就像看戏似的望着白芷与钟年年逃亡。

　　可也就那么一恍神的工夫，那两个女子竟突然脱离了她的视线，当那两人再度出现在苏叶面前的时候，她们已换了副"面孔"。

　　本被白芷拽着手腕不停往前跑的钟年年突然居高临下地扣住了白芷的手腕，她的声音尖锐且刺耳，叫人想要装作没听见都难。

　　"我抓住细作了！快来人呀！我抓住修仙界来的细作了！"

　　苏叶身居高楼，纵然她目力再好也因距离太远而看不清钟年年与白芷面上的表情。

　　可纵然如此，她仍觉钟年年身上所散发出的那一股子气息令她感到十分不悦。

　　白芷就这么怔怔地站在原地，纵然被钟年年引来的魔兵把剑架在了脖子上都未替自己辩解半句。

苏叶本不是个爱管闲事之人，可不知为何，她看了总觉心中不是滋味。

在魔兵即将要把白芷押走之际，苏叶那冷冷不带一丝情感的声音就此传入了在场所有人耳中。

"把那两个女人一同给我带过来。"

她话音才落，钟年年脸上的表情便僵了。

魔宫的天是怎样皆由苏叶说了算，她既已发言，自无人敢忤逆。

脸上本无一丝表情的白芷在见到苏叶的那一瞬间便瞪大了眼，她愣了足有半晌，直至押着她的魔兵们莫名有些不耐烦了，她方才盯着苏叶喃喃道："苏苏？"

白芷这一声让本在发怵的钟年年将目光死死地定在了苏叶身上，她与苏叶不过是有着两面之缘——第一次，是在太虚秘境内；第二次，则已是苏叶那完全僵硬了的尸首。她早就不记得苏叶的容貌了，可这并不代表她已忘了苏叶这个人。

直至如今钟年年都仍能记得苏叶死后，名震天下的太阿门首席弟子顾清让的堕落。

彼时的她对苏叶的了解也仅限于那些真假难辨的传言，后来她与叶连召越走越近，纵然是结识了白芷，也仍对那个太阿门中无人不知的女子一无所知。

叶连召说苏叶生得柔弱，却比他见过的任何女子都要倨傲。

白芷一提起苏叶便又是哭来又是笑，一会儿说她傻，一会儿又说世上再也找不到比她更痴的姑娘家。

苏叶究竟是个怎样的人，仿佛无一人能知晓，能看透。

钟年年的目光牢牢黏在了苏叶的脸上。

而今呈现在她眼前的是一副张扬到毫不掩饰的绝世容颜，都说本身就生得好看的姑娘总会不经意拿自己的容貌去与别人进行比较，可自打她见了而今的苏叶，便无端生出了一股自惭形秽之感，根本不需要去进行比较，那是一场毫无悬念的全方位碾压。

苏叶的目光却始终都在白芷身上游走，她挥了挥手，示意闲杂人等退下，随后又朝白芷勾了勾手指头，笑意盈盈地说："你被她出卖了。"

白芷没有接话，她又笑着补充："我看到了，你们都是细作，你救她一命，她反倒恩将仇报咬你一口。"

　　白芷仍未作答，本就觉着无聊得紧的苏叶越发觉着没意思，苏叶就像一只将要狩猎的豹，双目直勾勾盯着白芷的眼，一步一步朝她逼近，最后甚至像个登徒子一样挑起了她的下巴，微微眯着眼道："你看起来可真眼熟，我们是不是见过？"

　　不待白芷作答，她又自顾自地补充了句："还有，你方才唤我苏苏？苏苏又是谁？"

　　白芷心中百感交集，沉默良久才道："是我认错了，你和我一个故人生得很像，可她早就死了，死在了一百多年前。"

　　苏叶对白芷口中的故人倒是颇感兴趣："她怎么死的？"

　　"是误杀，她死于自己最爱的人剑下。"

　　像是丝毫未感受到白芷话语中的情绪，苏叶仍是笑意盈盈，十分不以为然地道了句："真是个无聊的故事。"

　　苏叶那短暂而悲情的一生就这么被率性地定义为无聊，换作从前白芷定然要扑上去与人争执，而今的她虽未有行动，却也仍忍不住替苏叶争辩了一句："他们是真心相爱，错的是那个世间。"

　　苏叶对那样的故事显然完全不感兴趣，任凭白芷如何去说她也不理，待到白芷闭嘴不再提那事，她方才又笑嘻嘻地道了句：

"不过，我瞧你还挺顺眼的，你别回那劳什子修仙界了，留在魔宫陪我玩可好？"这句话明明是疑问句，她却压根儿就没准备给白芷回答的机会，她尾音才落，双眼便微微眯了起来，原本浮现在她眼睛里的笑意荡然无存，取而代之的是一抹森冷的杀意，"至于另一个人我着实不喜，你看该如何来处置，该不该杀？"

白芷被她这眼神看得浑身发颤，原本还在自欺欺人，强行将她与苏叶扯上关系的白芷顿时就否认了自己心中所想。

她的苏苏是那么傻的一个姑娘，明明生而为修魔者，却比她所见过的任何一个正道修士都要柔软痴情，又岂是这副模样？

苏叶对白芷起了兴致，开始套她的话，一会儿问她叫什么名字，一会儿又问她是哪个门派的。

白芷一个字都不肯透露，嘴巴就像是被人给封上了似的。

苏叶着实无聊透顶了，连声对白芷道："你这人可真没意思，若再令我提不起兴致，当心我把你给杀了哦。"

她说这话的时候始终都是笑嘻嘻的，白芷却只觉遍体生寒。

确认自己无法从白芷口中挖出一个字的苏叶，索性又唤人将钟年年给抓了过来。

在眼角余光瞥到钟年年的刹那，她面上的笑便已荡然无存。她一把拽住钟年年散乱的发，目光森冷地问道："你可知她是何人？"

苏叶力气极大，就那么轻轻地一抓，钟年年便被拽掉了大把头发，她尚未来得及开口作答，便已痛得流下泪来，而后只听她断断续续地道出了白芷的身份。

也就是在这时苏叶方才知晓，白芷不仅仅是太阿门中的精英弟子，还是四大修仙世家之白家嫡长女，同时又是四大修仙世家之首叶家大少爷叶连召的未婚妻。

白芷这样的出身着实尊贵无比，苏叶便越发不明白如她这样的世家大小姐何须涉险潜入魔宫当细作。她虽有这样的疑惑，却也不曾将这事放在心上，反而又重重拽了一把钟年年的发，继续皮笑肉不笑地逼问着："你倒是说给我听听，为何要陷害她？"

钟年年一听这话下意识就要反驳，可她尚未开口，便又有一股力顺着她的发丝直达头皮，她疼得几乎就要哭出声。

她好不容易搭上叶连召享了近百年的福，又岂经得住被人这般折腾，当下便一五一十地全招了。

当年苏叶死后不久，白家便与叶家定了亲，而那时出身贫寒的钟年年好不容易跨阶搭上叶连召，又岂会这般轻易地松口？她倒也要多谢白芷对叶连召压根儿就没意思，否则又岂会给她这么多机会在叶连召眼前瞎晃。

明明是她有意傍叶连召在先，她却一口咬定自己与叶连召真心相爱，白芷是那要打散他们这对鸳鸯的棒槌。正因如此，她才处处看白芷不顺眼，只是从前的她一无权势二无天赋实力，纵然使计成了门中亲传弟子，却也仍无法与白家这样的庞然大物来抗衡，权衡之下她自然只得忍着。

三、白芷怔怔望着眼前这个既熟悉又陌生的女子。她终于明白，天真的要变了。

听完钟年年的自述，白芷一脸不敢置信。

兴许是钟年年已预料到自己的结局，她便彻底地放飞自我了，平素里柔柔弱弱的她瞪大了眼，用怨毒的目光盯着白芷，咬牙切齿，一遍又一遍重复着同一句话："若不是你，我和他早就在一起了！我恨你，时时刻刻都恨不得弄死你！"

　　白芷的表情由不敢置信转为悲戚，自苏叶死后，她一直将钟年年视作身边最为亲近之人，她觉得这个姑娘柔弱可怜，需要人来照顾，从来都是真心真意待钟年年，又岂想到会有今天。

　　全然不顾身旁表情各异的两个女子，苏叶完全就是一副看戏的状态，她松开拽住钟年年头发的右手，在钟年年那吹弹可破的脸颊上轻轻拍了拍："挺好的，这故事可比先前那劳什子苏叶的有趣多了。"

　　话音才落，她的指甲便伸了出来，每一个指甲盖上都涂着鲜红的蔻丹，宛若一根根闪着寒芒的毒针。

　　大抵是感受到了来自苏叶身上的杀气，钟年年即刻噤了声，而危险却比她想象中来得更早。

　　苏叶双手快如疾风，飞快自她脸上划过，钟年年甚至只能感觉到一阵风拂过自己的面颊，又隔许久，方才有痛意自她面上传来。她惊慌失措地捂住了自己的脸，可不论她如何用力摁着伤口，都仍有鲜血自她指缝中流出来。

　　纵然钟年年已快失控，苏叶却仍觉不够，甚至还笑意盈盈地拿了块镜子给她。

　　此时此刻，钟年年全部的注意力都在自己那张脸上，她甚至都未去想苏叶突然递来一面镜子是何用意。

　　她将镜子匆匆夺了过去，映入她眼帘的是一张血肉模糊的脸。

　　苏叶虽只是轻轻划了钟年年的脸一下，可她指甲里藏有剧毒，只需那么轻轻一划，钟年年的右脸的伤口便一点一点地溃烂。待钟年年看到镜子里的自己时，她那张如花似玉的小脸蛋早已不复存在。

　　一旁观望的白芷看得直倒吸冷气，苏叶却仍是那样一副漫不经心的模样："既然你说你们是真心相爱，那么，不论你变成何种模样，他都该一如既往地爱你才对。"

　　语罢，她又换了种语气撇头望向白芷，笑出一副天真烂漫的模样："你说，我要不要放了这个女人呀？她定然咽不下这口气，若回去了，想必会想尽办法坏你名声，四大修仙世家之白家长女勾结魔宗魔女，唔，想想都觉得有意思。"

　　白芷着实看不透这般反复无常的苏叶，她试图从苏叶眼睛里找到那么一丝漏洞，可苏叶的眼睛里什么都没有，甚至连浮现在脸上的笑都不曾深入眼睛里，她的眼一片死寂，一如百年前那般。

白芷垂着脑袋思索了很久很久，方才怜悯地望着已然要魔怔了的钟年年，终是摇了摇头。

她并非什么大善人，知道自己被背叛的那一刻早已怒不可遏，可若是让她在这时候杀了钟年年她又办不到，更何况，她认为毁了一个以自身容貌为筹码不断往上爬的姑娘的容比直接杀了对方更叫人绝望，至于她的名声是否会被毁，那已不是现在该考虑的问题。

看到白芷选择的苏叶又是一声轻笑："真瞧不出你的心肠这么好，可你别忘了，她的容貌是因你而毁哦，除非她能重新换一张面皮，否则她这一辈子都得顶着这张烂脸。既然如此，你说她该不该恨你入骨？"

白芷没有接话，她的选择依旧是放了钟年年。

苏叶倒也是个干脆利落之人，既然白芷说了要放，她便真把钟年年给放了。

白芷的人生也因此而发生了翻天覆地的变化，从前的她是修仙世家的大小姐，而今的她却担起了婢女的职责。就连苏叶自己都不明白，她为何会这般亲近一个修仙的女子，甚至将衣食起居都交给了对方打理。

苏叶这般胡来，起先苏木也颇有微词，可又拗不过苏叶，索性就由着她瞎闹好了。

往后的日子里白芷与苏叶形影不离，苏叶虽时不时折腾着她玩，却从未真正伤害过她。直至有一日，白芷终于忍不住了，问道："你为何总要将我带在身边？就不怕我半夜杀了你？"

苏叶听罢很是实诚地回了句："首先，以你的那点能耐还不足以杀我；其次，我也不明白为何会这样，她们都令我觉着恶心，唯有你能令我安心。"

说这话的时候，苏叶已不是那个张牙舞爪且阴晴不定的魔女，她眼中带着一丝淡淡的迷茫，露出这样一副表情的她面上已无半点攻击性。

白芷怔怔望着这样的苏叶，她仿佛透过这张脸又看到了另一张稚气未脱的小肉脸。

她不知道两个完全不同的人生得能有多像，是否真能在不刻意模仿的情况下做到连神态都一模一样，那一瞬间，她甚至都觉得苏苏又回来了。

　　早先便已在心中否认她们是同一个人的白芷又推翻了自己的想法，她突然笃定眼前之人定然就是她的苏苏，可她仍旧什么都没说，只默默在心中想着，定然要想办法弄清一切。

　　苏木如每个普通的修士一样，每日都需练功，苏叶却不用。

　　近些日子，苏木闭关修炼的时间越来越多，打理魔宫的重任便落到了苏叶身上。

　　这是在苏木闭关的第八日。白芷刚端来一盅燕窝走进苏叶房间，便发觉她浑身无力地瘫在床上。

　　白芷见状，连忙放下手中的白瓷盅，疾步走向她床畔。

　　直至走近了，白芷方才发现她整个人红得像一只刚从锅里捞出来的虾，她下意识伸手去摸苏叶的脸颊，指尖才触及，整个人便如同被火灼烧到了一般缩了回来。

　　她心中大骇，又轻轻唤了苏叶几声，苏叶却毫无反应，像是陷入了昏迷。

　　白芷已无法再淡定，连忙冲了出去，想唤医者来看苏叶。

　　她所不知的是，就在她冲出苏叶寝宫的那一刹，那紧紧裹在苏叶身上的褻衣便被不断自苏叶体内传出的热能烧得四分五裂。

待到白芷领着人回来之时，整座寝宫都已坍塌，几近鲜红的诡异火焰不断舔舐着尚未燃烧倒塌的房梁，火光冲天，哭喊声与房屋倒塌声交织成一片。

白芷被吓得惊在原地发抖，她不明白为何自己才离开不到半盏茶的工夫，这里就已彻底变了样。

就在她发愣之际，一抹紫色人影没命地往正在燃烧着的火焰中冲。

那是一直都在闭关，多日不曾露过面的苏木。

一般的凡火根本无法近他的身，而那火却邪乎得很，非但色泽鲜红如血，温度也比寻常的火焰高得多，苏木根本无法再深入。

那火就如同一只张牙舞爪的妖，风吹便涨，水泼不灭，不消片刻那偌大的宫殿便已被烧成一捧劫灰。可纵然如此，那火仍在烧，就像一朵朵绽开在虚空夜色中的红莲，它越绽越艳，越燃越旺，甚至整个空间都被它灼烧得开始扭曲变形。

白芷的心情一变再变，此时的她已不知该用何种语言来表达自己的震惊，她且哀且悲，可那些情绪最终都被震惊所取代，此时此刻呈现在她眼前的场景着实太令人惊骇——那些如红莲一般鲜艳的火焰竟已将地面烧穿。

　　原本立着宫殿的地面出现了一个巨大的坑洞，它占地面积算不上多大，却叫人一眼望不到底，仿佛直接连通着地狱那头，打它出现的那一刹，在场所有人皆感到一阵不适。

　　那是一种无法用言语来形容的感觉，仿佛一下从夏夜跨到了寒冬，白芷只觉自己浑身汗毛都冷到竖了起来。

　　一股子阴冷而潮湿的邪气就这般肆无忌惮地自那深洞中释放而出。

　　白芷怔怔盯着那洞看了许久，方才看清那深不见底的深洞中竟满是密密麻麻的鬼物，而在所有人眼中本该化为灰烬的苏叶却奇迹般地生还了。

　　白芷本欲上前扶起躺在一堆鬼物之上的苏叶，可她的脚尚未踏出，一直在旁的苏木却先她一步冲了过去。

　　令所有人都不曾想到的是，就在苏木即将靠近的那一刹，苏叶身上竟绽出了猩红色的光。

　　一股滔天的能量猛地将她从地上掀起，就像是有一双无形的手将她稳稳托在了半空中，她身上所散发出的光芒越发耀眼，甚至逐渐转变为一股正在暴动的能量。

　　此时不论是苏木还是白芷，皆愣在了原地，仰头看着仍飘浮在半空中的苏叶。

　　苏叶身上的光芒已越来越暗淡，身上的红芒却越来越盛越来越浓，不过须臾就已变得殷红似血，像个茧子似的将她紧裹其中。

　　苏木仍目不转睛地在盯着苏叶看，那紧紧裹住苏叶的红芒却似一朵红莲般绽开，与此同时，一股足以毁天灭地的强大力量自苏叶体内席卷而来，苏木即刻被掀飞，甚至连一直站在远处观望的白芷及诸多婢子都遭到波及。

　　苏木与白芷皆身受重伤，苏叶却始终飘浮在半空中，直至覆盖在她身上的红芒一层又一层地绽放开，剥离出她的身体，她方才失去支撑，徐徐落了下来。

　　苏木身受重伤，已无力去接住不断往下坠的苏叶。就在所有人都以为苏叶将重重摔倒在地之时，原本空无一物的地面却绽出了一朵硕大的红莲，而苏叶则轻轻落在了红莲那柔软的花瓣上。

　　一股说不清的感觉油然而生，白芷突然觉得心口像是被什么东西给重重撞了一下。

她不傻，自然明白而今呈现在自己眼前的一切究竟意味着什么。

相比较白芷错综复杂的心情，苏木显然要兴奋得多，他处心积虑想让苏叶觉醒，却不想竟真有实现的一日。

他强忍着不断在身上蔓延着的剧痛感，想要上前一步抱住苏叶，苏叶却在他指尖即将触及自己之际睁开了眼。

可苏叶的眼神是那样陌生，她不过是轻轻扫了苏木一眼，苏木便觉遍体生寒。

他强忍住心中的不适，佯装生气地捏了捏她的脸："臭丫头，你可吓坏我了，该如何来赔偿我呢？嗯？"

苏叶的眼神却像极北之地的冰一般冷，她静静注视着苏木，隔了许久许久，方才道了一句："我已经想起了一切。"

苏木的笑僵在脸上，苏叶的语气从始至终都冷淡至极："一切都出自你手吧？"

苏木明明知晓苏叶话中的意思，却不曾接话，而苏叶却在这时候笑了，那笑冷到人骨头缝都在发凉："你有一个那么好使的法宝，先是仿他的笔迹将我骗去那块山石上苦等，再扮作我的模样给他和师尊投了毒，你为了使他对我恨之入骨，当着他的面杀了他师尊，甚至还一根一根地挑断了他的经脉……一切都在你的掌控中，毫无阻碍地进行着不是吗？"

苏木无从辩解，一切皆属实。

早在很久很久以前他便做好了被苏叶看透一切的准备，可当这一天真正来临，他方才知晓，原来对世间一切事物都已无所谓的他竟也会感到难堪，他甚至连抬头再看苏叶一眼的勇气都无。

苏木就这样一直保持着沉默，而白芷却不知在何时靠近了苏叶，她面带笑容，眼中洋溢着难掩的喜悦："苏苏，真的是你？你什么都记起来了？"

苏叶的目光这才落至白芷身上。

她望向白芷的目光明显没有望着苏木时那般冷，却也不复从前。

白芷被苏叶盯得一阵瑟缩，平复片刻以后，她方才喃喃道："苏苏……你能否放我回去？"

苏叶却突然笑得意味深长："你不必再回去了，再过不到十年，整个修仙界都将不复存在。"

苏叶的话不亚于晴空之下突然落下一道晴天霹雳，白芷怔怔地望着眼前这个既熟悉又陌生的女子。

她终于明白，天真的要变了。

是夜，无妄崖底雾气蒸腾。

顾清让难得睡了个早觉，却不知为何他这一觉睡得极其不安稳，他明明早已睡着，梦里却总有一抹纤细的白色身影不停围着他旋转。

他看不清那人的面容，看不清那人的着装，只知她着了一身白，面颊微微有些鼓，叫人看了便想伸手去捏一把。

那人影离他越来越近，越来越近了，明明是伸手便可触及的距离，却又如同一瓣在风中飘摇的落花般被吹得很远很远。

他那颗在胸腔之中静置了百年的心脏像是突然又活了过来，它猛地一阵收缩，一股陌生而又熟悉的悸动骤然传遍全身。

原本静静躺在床上的顾清让不禁浑身一颤，整个人瞬间就清醒了。

此时有晚风袭来，掀起了素色的窗帘与挂在床架外的轻纱，一张令顾清让魂牵梦萦的面容就这般映入他眼帘。

他维持着将要起身的动作，怔怔望着那张不断在他眼前放大的脸。

顾清让几乎都要分不清这究竟是现实还是梦境，那暌违百年不见的人儿如他在梦中所见一般穿了件雪白的衣。那衣服是他最熟悉不过的太阿门的服饰，明明门中有数以万计的女弟子都曾穿过，却无一人能穿出她的风韵。

顾清让怔了半晌，方才起身，便有一柄冷冰冰的剑抵在他肩胛骨处。

那凉意钻入他的皮肉，深覆骨髓，冰得他浑身一颤。苏叶那比剑更冰冷的声音亦随之传来："我今日是来还你这一剑的！"

温热的鲜血顿时飞洒而出，落在素白的帷幔上，犹如绽开了一朵朵殷红的梅。

刹那，顾清让有许多话想要与苏叶说，可那些话尚在舌尖打着转，他的意识便已散尽。

他不知自己是不是也要死了，正如百年前的苏叶那样。

若真如此，似乎也不错。

他默默地在心中对自己这样说。

翌日清晨顾清让仍是醒来了，那柄仍插在他肩胛骨上的剑在无声地告诉他，昨夜所发生的一切皆不是梦，苏叶来了，刺了他一剑便又离开了。

他肩胛骨上的伤口已停止流血，伤口已然凝结，他怔怔倚在床头发着呆，眼角余光却不经意瞥见苏叶昨夜留下的字条。

字条上书曰："我已还百年前的那一剑，至于你的命，我十年后再来拿。"

红莲业火重新现世的消息一下传遍九州大地。

现如今的年轻修士们或许会对这玩意儿感到陌生，可对那些曾经历过三百年前的三界乱战的修仙者来说，"红莲业火"这四个字不亚于专收割人命的死神，哪怕距离那一战已过三百年，仍有人能清晰地记得修仙界被红莲业火所支配的恐惧。

红莲业火与修罗一族息息相关，红莲业火现世，原本在地底蛰伏三百余年的恶鬼道再度出现在人们的视线中。

恶鬼道乃是鬼族的统称。鬼族之人既有天生的，亦有苏叶这般死后由戾气凝结而成的，他们仿佛天生便带有神力，无须如修仙者或者修魔者那般通过修炼才能获得力量。

仙族远居九重天宫，从来不问世事。

世间便只余人、鬼两族仍活跃。

其中恶鬼道最为凶残，人族从来都是处于被恶鬼道按在地上欺负的状态。

这样的状态持续了近万年，直至恶鬼道中最骁勇善战的修罗一族没落了，人族方才寻到崛起的契机。

大名鼎鼎的修罗女赤焰姬便是在三百年前降临人间。

三界之中有很多关于赤焰姬的传说。

她是世间最后一个修罗女，亦是近万年来血统最为纯正的修罗，听闻其容貌倾城，有移山倒海之神通，曾统领恶鬼道近千年，使日渐式微的恶鬼道重返荣光。

修罗一族本为恶鬼，却有足足以媲美仙族的力量，乃是当之无愧的人形杀器。

赤焰姬的神通是否被世人夸大已无从考证，可她曾拥有的六界第一神物红莲业火却是名副其实的恐怖。

苏叶的觉醒与恶鬼道的回归于人族而言无异于一场人间浩劫，天下苍生皆被笼罩在一片阴霾之下。

没有人知道这凭空现世的修罗女究竟想要什么，自打她现世以来便再无任何行动，可纵然如此，她的存在也仍叫所有修仙门派提心吊胆。

时光转眼即逝，不过一睁眼一合眼，十年便已过完。

阴风飕飕的鬼族宫殿里，白芷正在替苏叶梳妆。

时隔十年，苏叶原本齐腰的发已长至脚踝，她却不曾将发盘作髻，仅仅是用一根暗红色的丝质发带将那三千青丝松松绑在脑后。

眼看她的妆就要梳完，一直保持沉默的白芷突然问了句："你今日真准备去杀他？"

苏叶不曾回她的话，她却仍在絮絮叨叨说个不停："当年明明都是苏木使的计，更何况他对你有所留情……"

余后的话尚未溢出喉咙，便被苏叶冷冷打断："住口！不必再说了！他当年若真信我，就不会不分青红皂白用剑来刺我！他是中了苏木的计，而我又何其无辜！”

白芷知苏叶心意已决，便也不再继续。

鬼族大军与苏木手下十万修魔者，皆已站在城墙下待命。

苏叶一袭红衣立于城墙之上举着重剑高唱："重振我鬼族荣光，不死不休！”

城墙下的大军亦跟着高唱："重振我鬼族荣光，不死不休！”

……

那一战持续了整整三年，不论是修仙界还是鬼魔联军皆伤亡惨重，迫不得已之下三方只得紧急停战。

也就是在这时候，方才有人发觉，两方阵营的大将苏叶与顾清让皆已消失不见。

活不见人，死不见尸，就像是凭空消失了一样。

这样的结局与三百年前那一战一模一样。

有人说苏叶与顾清让皆已葬身在对方剑下，还有人说他们相爱百年，终于寻了个机会一同私奔离开。

究竟是哪种说法更符合事实已无人知晓。

突然失去主心骨的两方只得停战。

后来所发生的一些事已不存在于后世的传说之中。

苏木吞并了鬼族，仍有一举吞并三界的野心。白芷早在苏叶出征前便被她放了回去，那一战结束后的第五个年头，叶家终于向白家提了亲，修仙界中实力最为鼎盛的两大家族联姻，一时间又在修仙界卷起了千层浪。

出嫁前的那一夜，白芷着一袭喜服来到了太阿山脚下那曾埋葬了苏叶百年的坟茔前。

月光下，她看到一抹人影斜斜歪倒在墓前。

那人一袭紫袍气度不凡，正是多日不见的苏木。

大抵是从未料到二人会在此处遇见，目光相撞的那一刹，二人皆愣了一愣。隔了良久，白芷才听苏木醉眼蒙眬地说："听闻你今日要出嫁了，她若还在，定会高兴得像个孩子吧。"

也不知究竟是他今夜喝多了酒，还是因为他真有所感慨，明明白芷不曾说一句话，他却像个话痨似的絮絮叨叨说个不停："你说，若我如那小子一般能为她放弃一切，从头至尾都对她温柔以待，结局是不是就会不一样？"

　　说这话的时候，他眼睛里有白芷所看不清的情绪在不停翻涌。

　　而白芷却仅仅瞥了他一眼便收回了视线，她的视线落至天际饱满的银月之上，思绪却飘向了很远很远的地方："或许吧。"

　　"时间到了，我该盖上喜帕出嫁了。"

顾清让第一次见到苏叶是在悦来客栈。

彼时的他被自家师尊好说歹说，被坑来当太阿门的活招牌。

他本就不情愿亲自出面给自家门派招弟子，结果还遇上这等破事。

太阿门与悦来客栈可谓是老搭档了，几乎门中每次招收弟子都选在此处入榻，今年自然也如此。

顾清让正率门中弟子马不停蹄地往悦来客栈赶，距悦来客栈尚有近两里路，顾清让便已嗅到一股冲天血腥味，他甚至都来不及与门中弟子解释，便已握着剑冲了出去。

待他赶到悦来客栈之时，此地已满地碎尸，而那恶鬼修罗一般的刽子手亦堪堪停止杀戮。

顾清让并非从未见过这般血腥的杀戮现场，却是头一次见到下手这般干净利落的，仿佛眼前正在进行杀戮的不是一个人，而是一台彻头彻尾的杀戮机器。

顾清让的剑尚未从鞘中拔出，那人便已停下手中的动作。

此时夜色太深，那人又恰好是逆着月光而站，从顾清让的角度望去看不清她的面容，只能依稀看到一个大致的轮廓。

那是一个体形娇小的少女，不论是手臂还是脖颈都纤细得不可思议，仿佛轻轻一折便能断。

只可惜从顾清让所处的位置望去，无论如何都看不清她的面容，可仅仅就只凭借那个剪影，便能叫人大致猜测出那定然是个容貌柔美的小姑娘，但更叫人不敢相信，眼前的血案正是这样一个小姑娘一手酿造的。

那小姑娘不仅仅容貌不凡，身手亦是一等一的好，不待顾清让靠近，她便已翩然离去，只余一道残影抓心挠肝似的在顾清让脑中飘呀飘。

顾清让纵横世间许久，还是头一次叫人在自己手指缝中溜走。

如此一来，着实令他不痛快。

他尤自纠结着该不该追上去，那客栈掌柜便已颤颤巍巍地从柜台下爬了出来，哭天抢地地抱着他的大腿，一把鼻涕一把泪，直哭得他脑仁发疼。

好了，这下也不必再去纠结到底该不该追了，人怕是早已跑得看不见了。

顾清让对这客栈老板的嫌弃之情难以言喻，可他终究还是个以拯救天下苍生为己任的修仙者，纵然再嫌弃，也得压下心中的不悦去安抚那哭到几乎要昏厥的油腻掌柜。

待到那掌柜哭到累了，他方才有了机会插话，问道："你可知楼上死的都是什么人？"

那掌柜两眼呆滞地摇了摇头。

顾清让悠悠叹了口气，好吧，线索怕是也问不出了。

这时候藏在别处的伙计们也纷纷跑了出来。

兴许是觉着自个儿而今这模样着实太尿了，那本还紧抱着顾

清让大腿的掌柜连忙松开了自个儿肥腻的"爪子"，装模作样地
从地上爬了起来。

掌柜本以为自个儿客栈里的人都要死光了，只余他一个活口，
又哪能想到，自个儿店里的伙计竟一个都没死。他不禁啧啧称奇，
轻声自言自语："瞧那小姑娘一副杀红了眼的样儿，还以为都要
死了呢，啧啧，居然还都活着，也是稀奇。"

正所谓说者无心听者有意，一旁默默听着的顾清让当下便判
断出那小姑娘定然不是什么滥杀之人，也正因此，他更对她产生
了好奇之心。

有谁说过，当你对一个姑娘起了好奇心，那么便离爱上她不
远了。

顾清让自然不会这么重口味，莫名其妙就爱上了一个连脸都
看不清的有原则的杀人狂。

可他与那杀人狂小姑娘的再一次相遇，可真真是叫人意外到
立马就能联想到"缘分"二字。

顾清让与苏叶的第二次相遇是在太阿门选拔弟子当日。

顾清让为人懒散，从来就不喜参加这些所谓的大事。

可他既被自家师尊忽悠出来见世面，自然也就不能违背师命。

直至很多很多年以后，连那个杀人狂小姑娘也不在了的时候，他仍能十分清楚地记得，再一次与她相遇时的场景。

彼时正值暮春，山花烂漫，阳光和煦，他懒懒倚在一株枝繁叶茂的木棉花树上小憩，而她就像一尾鲜红的鲤，被汹涌的人群一路推移，一路挤入他视线里。

明明那日的她穿着一身再低调不过的灰裙，明明周遭的小姑娘们个个衣袂飘飘，如他二师叔后院里的牡丹花般姹紫嫣红迷人眼，他却偏偏只看到了她一个。

该如何来形容他看到她第一眼时的印象呢？

纤细、娇弱，仿佛一折便能断了去。

更令他觉着神奇的是，明明他从未看过她的正脸，为何他就能一眼笃定眼前的小姑娘便是那夜所见过的杀人狂？

很多东西从来都是解释不清的，他这人素来就有个好习惯，不论是何事，觉着想不通了便不再去想。正所谓船到桥头自然直，现在想不通的事放一放，指不定哪天就能想通了呢？

顾清让终究还是太年轻，情爱之事究竟又有几人能彻底想通

276

透呢？

　　彼时的顾清让全然被好奇心所驱使，在明知苏叶来太阿门定有别的目的的情况下，仍未揭穿她。

　　他这样的天之骄子从来都是要风得风要雨得雨，一切皆在自己的掌控中，所以，对那时的他而言，苏叶不过是他漫长到没有尽头的岁月里的一点调剂罢了。

　　再次想起苏叶时，是在他二师叔的后院里，两个正在给牡丹施肥的外门弟子正在悄悄咬耳朵。

　　"听说玄女峰上新来的那个是个废材！"

　　"可不是嘛，刚来的时候阵仗那么大，还以为她将会是下一任首席弟子呢，结果连引气入体都学不会。"

　　两人越说越来劲，连手上的活计都顾不上了，一旁屈着腿在凉亭里纳凉的顾清让不禁双眼一亮，他都快忘了，门中竟还有个这么好玩的人。

　　顾清让本欲当下就跑去找苏叶，奈何他家二师叔非留着他吃过晚饭才肯放人，如此一来，待他赶到玄女峰时天都已经黑了。

　　在此之前从未有人告诉过他，夜闯女儿家的闺房是件多下流的事。

那夜本就不胜酒力的他偏生又被自家二师叔灌了不少酒，整个人踩在棉花上似的飘。

这是他头一次来玄女峰，费了好大的劲儿方才寻到苏叶入住的小院梨花白。

他尤自纠结着该以一种怎样的方式出现在苏叶面前，上天便已替他做出了选择。

他一个不留神，脚下便踏了空，只听"扑通"一声响，整个人便如那滑下锅的春卷似的一路往下滚。

最令人感到绝望的一幕就此出现了。

他竟滚到了梨花白的浴室里，而苏叶又恰好在池中泡澡……

所谓孽缘大抵便是如此吧，连他自己都不曾想过，不过是滑了一跤便能引出这般多的故事。

往后的日子里，他常能听到有人将"苏叶"这两个字与他的名字联系在一起，他对这种事从来都不甚在意，纵然传得满城风雨他都不曾上心，只一味纠结着那名唤苏叶的小姑娘究竟是何人，来他太阿门又究竟有何目的？

他虽常被人说不谙世事，可好歹也是太阿门中所有小姑娘家最想嫁的男子，在他走出无妄崖后的这三年里什么样的姑娘没见过？

可他呀，是真真没见过苏叶这样的姑娘。

她明明生得如琉璃娃娃一般冰雪可爱，却从未笑过，甚至，她都不曾露出过任何活人该有的情绪与表情。她纵然是站在你眼前，却像是隔了十万八千里的距离，那样的遥不可及。

这大抵是他长这么大以来头一次感受到挫败为何物，不论他在她眼前如何晃悠，如何恐吓，如何挑逗，她都不为所动，她就像一个置身事外的局外人，就那么静静地站在那里，不悲不喜地注视着一切。

顾清让觉得，自己怕是要魔怔了。

往后的日子里，他满脑子都是那个名唤苏叶的小姑娘，明明她一如既往的面瘫，他却已观察入微到，能从她一成不变的表情里看出诸多情绪，然后他便笑了。原来，她也拥有活人的诸多情绪，会不耐烦、鄙夷、嫌弃，甚至也会因某日的饭菜做得格外可口而感到开心。

慢慢地，他便发觉自己越来越离不开这个小姑娘，想看她如普通姑娘一般抿着唇笑，想看她如普通姑娘一般皱着眉闹，再往后他便做了个连自己都觉疯狂的决定，他将苏叶带回了无妄崖底。

很多很多年以后再去回想，他方才发觉，那竟是他最快乐的一段时光。

她会皱眉嫌他烦，她会含着泪水与他道歉说对不起。

原来她也是个再普通不过的小姑娘，也会伤心也会难过，也会欢喜也会愉悦，只是她将一切都藏得太深，若不去深挖，便无人能发觉她的这一面。

喜欢一个人从来都是一门玄学。

或许是某日阳光恰好照在她凝脂般的面颊上，你又刚刚好从此处经过，看到了这一幕，便就喜欢上了。

又或许是某个瞬间，她于不经意之间说了一句话，那话恰好随风荡进了你心房里。

总之是各有各的理由，却又无一人能解释得清。

◆ 番外二

苏木·你有没有喜欢过一个人？

你有没有喜欢过一个人？

你有没有恨过一个人？

你可有恨着恨着才发现，到头来终究还是恨自己比恨那个人更多一些？

求而不得是一种怎样的体验？在十三岁以前的苏木身上压根儿寻不到任何答案。

他既生而为魔宗少主，又有何物是他所不得的？

除了自由和苏叶。

　　直至如今他都仍能清楚地记得第一次见苏叶的时候是在他六岁那年。

　　他比苏叶大了足足六岁。

　　她软软小小一团被人抱在怀里的时候，他正撒着脚丫子满魔宫乱跑。

　　她从一个粉粉白白的小肉包长成手短脚短的小豆丁时，他已是令人闻风丧胆的混世小魔王。

　　她喜欢他，黏着他，他便宠着她，护着她，可为什么连她也会如那些人一般害怕他，躲着他？

　　他比任何人都要清楚自己究竟有多喜欢苏叶，可从未有人教过他该如何去喜欢一个姑娘。

　　于是，他便任由那头盘踞在心中的兽吞噬掉一切。

　　他在黑夜中一次又一次地告诉自己："若得不到，便将她毁了吧。"

　　他明明早已将自己说服，真正拿起屠刀时，却又忍不住松开了手，任由那把屠刀砸在自己脚上，鲜血直流。

　　他从来都不是什么心胸宽广之人，从未被人爱过的他能给出的爱相当有限，当他本就不多的爱被透支到极限，却又得不到回报时，仍能支撑着他走下去的便只剩下恨了。

他纵然深陷泥沼，也曾天真地渴望过一丝光明。

彼时的他甚至想过，若她不再执着于去找顾清让，老老实实与他成婚，给他哪怕是一丝希望，他都能为她屠尽三界，穷尽一生去守护他的小姑娘。

可他的最后一丝希望仍是破灭，那头盘踞在他心间的兽已彻底被唤醒。

既然不论怎么努力都得不到，那么便去毁灭吧。

至少她是死在自己手上。

他从未低估苏叶对顾清让的喜欢，却远远低估了自己对苏叶的喜欢。

从前她活着的时候，他还能时不时在她眼前晃惹她烦恼；后来她死了，便只余一座坟茔孤零零地立在太阿山脚下。

他提着一壶酒跌跌撞撞闯入草木深处，不知不觉竟又走到了苏叶坟前。

他突然觉得自己的喉咙变得很干很涩，仿佛有成千上万的铅块堵在了那里，既咽不下去又吐不出来。

他静默无语地在苏木坟前站了很久很久，久到金乌西坠繁星当空，久到两腿发麻双手发颤，壶中佳酿洒得一滴不剩。

他的胸腔和眼睛都涨得难受，像是有什么液体要从中狂涌而出，他却像个孩子似的"扑通"一声坐在了地上。

他不知该用怎样的言语来形容自己此刻的心情。

可他就是觉得难受，难受到想杀了自己，陪她一同躺在坟墓里。

于是他一遍又一遍地问自己，杀了她可曾后悔？

无人能回他的话，唯有山风阵阵萦绕孤坟，一圈又一圈。

图书在版编目（CIP）数据

　　落花云归处 / 九歌著 . -- 上海：上海文化出版社，
2018.11（2021.6重印）
　　ISBN 978-7-5535-1416-1

　　Ⅰ . ①落… Ⅱ . ①九… Ⅲ . ①长篇小说 – 中国 – 当代
Ⅳ . ① I247.5

　　中国版本图书馆 CIP 数据核字 (2018) 第 236248 号

责任编辑　詹明瑜
特约编辑　雪　人　娄　薇
装帧设计　刘　艳　孙欣瑞
特约绘制　龙轩静
印务监制　周仲智
责任校对　周　萍

落花云归处
九歌　著

出　　版　上海文化出版社
出　　品　上海故事会文化传媒有限公司
　　　　　（200020 上海市绍兴路 74 号　www.storychina.cn）
发　　行　上海文艺出版社发行中心
　　　　　（上海市绍兴路 50 号）
印　　刷　北京时尚印佳彩色印刷有限公司
开　　本　880×1230　1/32　印　张　9.125
版　　次　2018 年 12 月第 1 版　印　次　2018 年 12 月第 1 次印刷　2021 年 6 月第 2 次印刷
书　　号　ISBN 978-7-5535-1416-1/I.531
定　　价　45.80 元

故事会　大众文化出版基地　·www.storychina.cn　　上海故事会文化传媒有限公司　出品（00819）www.storychina.cn

本书如有印装问题，请与印刷厂联系调换。联系电话：010-68812775